KB096916

한 톨의 정의가 세상을 바꾼다

한 톨의 정의가 세상을 바꾼다

펴 낸 날/ 개정증보판 2023년 12월 2일
지 은 이/ 최치현

펴 낸 곳/ 도서출판 기역
출판등록/ 2010년 8월 2일(제313-2010-236)
주   소/ 경기도 파주시 회동길 363-8
문   의/ (대표전화)070-4175-0914, (전송)070-4209-1709

ISBN 979-11-91199-75-8

마주봄, 쓰다

최치현이 마주한 사람과 세상

한 톨의 정의가
세상을 바꾼다

최치현 지음

ㄱ

흩어져 한 톨 한 톨로 놓인
순간순간의 작은 '정의'를 모아,

우리, 한 사람 한 사람 저마다를 이루는 바탕은 무엇인가,
차분한 마음으로 찬찬히 생각해봅니다.

우리를 낳은 어버이들, 그 어버이들의 어버이들을 낳은
땅과 물, 바람
우리를 먹이고 입히고 평화롭게 그 품 안에서 재우고 살펴주는
사람, 풍경, 우리 역사 속 찬란한 순간,

순간순간이 우리를 이루는 바탕이라는
생각, 그 생각 속에 낮고 낮아져 마침내 푸르러집니다.

그 바탕이 찬란해지는 것은 우리 시대를 묵묵히 걸어가는
벗들의 작은 걸음, 작은 헌신, 작은 정성이
서로 어우러지기 때문입니다.

최치현은 이렇게 작고 작지만 우리를 버티어오게 한,
조금 더 나은 세상을 일구는 거대한 동력이 될
이야기, 생각, 사람, 풍경, 역사의 순간순간을
기록해보았습니다.

흩어져 한 톨 한 톨로 놓인 순간순간의 작은 '정의'를 모아,
소통의 실마리를 찾아보았습니다.
곰배체, 글씨를 통해서입니다.
이 책이, 우리가 역사의 질곡을 어렵사리 걸어온 바탕 위에
새로운 '정의로운 역사'를 펼치는 데
작은 힘 보태어 줄 것입니다.

이 글씨에 담긴 생각을 나누고 공감해주시는 여러분들과
흔들림 없이 어깨 걸고 나아가겠습니다.

2023년 12월 최치현

| 차례 |

길어오고
모셔온
생각 바탕글

길은 사람의 다리가
　　　　　　내 길이기도 하지만
　　누군가의 마음이
　　　　　　　내 길이기도 하다

누군가 아주 친절한 사람들과

이 길을 공유하고 있고 소통하고 있다는 믿음 때문에

내가 그 길에서 느끼는 고독은 처절하지 않고 감미롭다

— 박완서 < 모래알만 한 진실이라도 >

내가 걸어온

길을 돌이키며

내가 맞을

길을 상상하며

다리에서 마음까지

사람의 흔적을 살피는 고독은 달다.

이 세상 사람들이 다
나보다는 착해 보이는 날이 있다.
그런 날은 살맛이 난다.

— 박완서 <모래알만 한 진실이라도>

박완서 선생의 에세이를 읽는다.
'한국문학의 가장 크고 따뜻한 이름, 박완서'라는
책 표지 글에 고개를 끄덕인다.

나보다 더 착한 이들과
만나고 이야기하고 부대끼는
살맛나는 삶을 살아야지.

누군가가 나랏일에 관해
그게 나랑 뭔 상관이야?
라고 말하는 순간
그 나라는 끝장난 것으로
간주되어야 한다.

- 루소

• 조국의 법고전산책을 최 치현 쓰다.

내일이 답답할 때
어제를 살핀다.

<조국의 법고전산책>을 길라잡이 삼아

나랏일을 내일로 삼는
시민이 많아야 민주주의다.
정치인의 의무다.

정부를 망치는 것은 …

정부가 인민을 침해하거나 억압하고

어떤 부분이나 어떤 파벌을 구분하여 특혜를 주며

나머지에게는 불평등한 복종을 강요하는 경향이다.

…

상황과 조건을 불문하고

권위 없는 힘의 사용에 대한 진정한 치유책은 힘으로 대항하는 것이다.

— 조국 <조국의 법고전산책>

존 로크는 1600년대를 살았다.

그가 쓴 <통치론>의 한 대목이

오늘의 대한민국에도 유효하다.

300년이 넘은 고전의 통찰에 놀란다.

과거에서 더 나아가지 못한 현실이 안타깝다.

'권위 없는 힘의 사용'

'힘으로 대항하는 것'에 눈길이 길게 머문다.

맞서 싸웁시다

이재명 대표를 지키는 일이
민주당을 지키는 일입니다.

사즉생의 각오로 함께 하겠습니다

목숨을 건 단식을 이어가는

이재명 대표를 향한

검찰의 여섯 번째 소환은

검찰권 남용이자, 정치폭력이다.

망신주기식 반복소환을 자행하는

검사독재를 규탄한다.

우주는 떨림이다
인간은 울림이다

우리는 다른 이의 떨림에
울림으로 답하는
사람이 되고자 한다

— 김상욱 〈떨림과 울림〉

유시민 작가는 김상욱 교수를
'다정한 물리학자'로 불렀다.

학창시절, 김 교수 같은 물리선생님을 만났다면
물리 공부를 더 열심히 했을 텐데 하는 아쉬움으로

김 교수는
차가운 물리에서 따뜻한 사람을 발견한 과학자다.
김 교수의 책은 사람 냄새 물씬 풍긴다.

떨림에 울림으로 답하는 정치를 다짐한다.

거다란 우주가 열리는 날

오직 한없이 가지고 싶은 것은
높은 문화의 힘이다

백범 선생의 말씀을 새깁니다.

광산하남시립도서관 착공식을 찾았다.

아이들의 꿈이 영글고,

시민이 소통 공감하는 공간이길

책보다 시민이 더 빛나는

내일의 도서관이길 바라본다.

푸른 바다에 고래가 없으면

푸른 바다가 아니지

마음속에 푸른 바다의
고래 한 마리 키우지 않으면
청년이 아니지

— 정호승 '고래를 위하여'

희망과 용기를 품고 살자.

청년처럼.

愼其獨

홀로 있을 때 더 삼가고 조심한다.

愼其獨(신기독).

화두로 삼기로 함.

한 달을 마무리하며

내 자신에게 던진 말.

민주주의

최후의 보루는

깨어있는 시민의

조직된 힘입니다.

— 노무현 대통령

정의를 생각한다.
'사람 사는 세상'

거짓 논리가 참을 이길 수 없는 법
순간마다 정의를 확인하는
오늘을 살아갈 수 있길.

통하기 위해서
이해하고 인정하고 귀 기울여야 한다.
통하기 위해서
마음을 열고 차이를 존중해야 한다.

— 이지훈 <혼창통>

톨스토이가 말했다.

사람이란

소중한 무언가를

믿기 때문에 산다고.

내 진실로 슬픔을 사랑하는 사람으로
슬픔으로 가는 저녁 들길에 섰다
낯선 새 한 마리 길 끝으로 사라지고
길가에 핀 풀꽃들이 바람에 흔들리는데
내 진실로 슬픔을 어루만지는 사람으로
지는 해를 바라보며
슬픔으로 걸어가는 들길을 걸었다
기다려도 오지 않는 사람을 기다리는 사람 하나
슬픔을 앞세우고 내 앞을 지나가고
어디선가 갈나무 지는 잎새 하나
슬픔을 버리고 나를 따른다

내 진실로 슬픔으로 가는 길을 걷는 사람으로
끝없이 걸어가다 뒤돌아보면
인생을 내려놓고 사람들이 저녁놀에 파묻히고
세상에서 가장 아름다운 사람 하나 만나기 위해
나는 다시 슬픔으로 가는 저녁 들길에 섰다.

— 정호승 '슬픔으로 가는 길'

진실로 슬픔으로 가는 길.

아름다운 사람 하나 만나는 길.

지금 내 곁에 있는 사람
네가 자주 가는 곳
네가 읽는 책들이
너를 말해준다.

— 괴테

함께하는 사람과
삶의 마디마다
의미를 새기며 전진해야지.
새날을 열어야지.

사람이 온다는 건
실은 어마어마한 일이다

그는
그의 과거와
현재와
그리고
그의 미래와
함께 오기 때문이다

한 사람의 일생이 오기 때문이다

— 정현종 '방문객'

가로수가 속살을 드러낸다.

가지 끝 힘없는 낙엽 몇 장이 애달프다.

자연의 윤회다.

애달픈 봄은 어김없이 찾아오겠지.

내가 아는 모든 사람의 삶도

그렇게 봄처럼 오겠지.

한 번의 찬바람이
가슴에 사무치지 않은들
어찌 매화가
코 지르는 향기를
　　　풍을 수 있으리오

— 법정스님

'함께 하는 우리 공동체'
사무실에 걸린 글.

같이 사무치고
같이 깊어져야지.

삶이란
나 아닌 그 누구에게
연탄 한 장 되는 것

— 안도현 '연탄 한 장'

생각하면

삶이란

나를 산산이 태우는 일.

좌·절을 경험한 사람은
자·신만·의 역사를 갖게 된다·

그리고 인생을
통찰할 수 있는 지혜를
얻는 길로 들어선다
강을 거슬러 헤엄치는 사람만이
물결의 세기를 알 수 있다

— 쇼펜하우어

쌀쌀하다.

몸이 바깥 온도를 견디지 못하고

감기란 놈을 들였다.

뒹구는 낙엽도 어지러운데

머리까지 뻐근하다.

눈 속 곧게 뻗은 자작나무의 포근함으로

희망을 되뇌어본다.

모두들 물결을 아는 몸으로

되돌아오겠지.

당신의 마음을 애틋이 여기듯
우리 사는 세상을 사랑합니다

— 김용택 '사랑'

사랑의 마음은
세상을 살아가는 원초적 힘.
사람 사는 세상을 위해.

저게 저절로 붉어질 리는 없다

저 안에 태풍 몇 개
저 안에 천둥 몇 개
저 안에 번개 몇 개가 들어서서

붉게 익히는 것일 게다

— 장석주 '대추 한 알'

대추 한 알도

우주의 시련으로 맛을 들인다.

좌절을 넘어 희망으로.

흔들리지 않고 피는
　　　꽃이 어디 있으랴

이 세상 그 어떤 아름다운 꽃들도
다 흔들리며 피었나니

— 도종환 '흔들리며 피는 꽃'

젖지 않고 피는 꽃도 없다.
푸르디 푸른 여름빛에
몸 흠뻑 담그며 가자.

있잖아

불행하다고 한숨짓지 마

햇살과 산들바람은

한 쪽 편만 들지 않아

꿈은 평등하게 꿀 수 있는 거야

나도 괴로운 일 많았지만 살아 있어 좋았어

너도 약해지지 마

— 시바타 도요 '약해지지 마'

청초한 가을 하늘 아래

영근 오곡백과처럼

넉넉하고 풍성하게.

국경의 터널을 빠져나가니
설국이었다.
밤의 끝자락은
이미 희뿌옇게 밝아왔다.

— 가와바다 야스나리 〈설국〉

깊은 밤은 새벽을 품고 있다.

눈 그치면 성큼 새해가 오겠지.
어둠, 좌절, 고통 덮으려 하염없이 눈 나린다.
한순간 쉬운 날 있었던가.
세밑 펑펑 눈에 무거운 마음 실린다.

매화꽃의 기다림과
무등산 눈꽃의 찬란함으로
새날을 열자.

우리 마음속에 있는 것,

희망은 기다림이다.

겨울은 시작이다.

엄동설한에 대롱대롱 매달린 봄꽃을 보자.

우리는 또다시 못난 조상이 되지 말으렸다.
나는 또다시 못난 조상이 되지
말기 위하여
미 가슴의 피눈물을 삼키며 투쟁하렸다.

— 장준하 '돌베개'

장준하 선생의 절규를 쓰다.

치욕의 역사를 걷어내자.

살맛나는 세상을 위해.

人間의 의미를 물으면
나는 바로 대답한다.
自由라고

— 니코스 카잔차키스 <그리스인 조르바>

"나는 아무것도 원하지 않는다.

나는 아무것도 두렵지 않다.

나는 자유.

나는 늘 종이에 자유라고 써 놓고 염소처럼 그 종이를 먹는다.

그리고 나는 자유롭다고 생각한다."

조르바 때문에 무작정 그리스로 향했다는

이야기를 들은 적 있다.

조국의 독립과 자유,

노동과 사람의 소중함을

빼어나게 그린 작품으로 기억한다.

자유를 거스르는 모든 것들과 싸우리라.

자유를 향해 질주하리라.

어떤 말을 만 번 이상 되풀이하면
반드시 미래에 그 말이 이루어진다

아메리카 인디언들의 말입니다
어떤 말을 만 번 한다는 것
그렇게 만 번씩이나 같은 말을 되풀이할 때
그 말은 일종의 주문이나 진언
역할을 하게 되지 않을까요

― 김재진 <이 별에 다시 올 수 있을까>

산뜻한 산문집을 만났다.

아득한 제목이지만

간절함이 세상에 틈을 낸다는 말이

또렷이 박힌다.

아메리카 인디언들은

비가 올 때까지 기우제를 지낸다던데.

성실이 기적을 만든다.

신앙이다.

찬서리
나뭇 끝물 나는 까치를 위해
홍시 하나 남겨둘 줄 아는
조선의 마음이며

— 김남주 '옛 마을을 지나며'

낱알 몇 개에
철새 날갯짓 가냘픈 가을 들녘을
서리가 먼저 덮는다.

뒤돌아 마주한 마을 풍경에
마음 덥힌다.

마른 가지 채우는
붉은 조선이 주렁주렁.

그렇게 생명이 더불어 겨울을 나는 구나.

새날이 별게인가
매일 매일이 새날이지

해지고 달뜨니 내일이고
꽃피고 새우니 봄이지 않는가

내가 살아 있고
내가 웃고 있으니
오늘이 새날이지

— 박병철 '새날'

날마다 새날.

나무처럼 살자

저 홀로 뿌리내리고 가지 뻗고

때 되면 잎사귀 떨구는 나무처럼

말아볼 자 없다고 막해지거나

티 내지 말은 채

안으로 속살불 지뭇는 나무처럼

— 루쉰 '나무처럼'

강철은 자기 몸에서 생겨난 녹으로 생명을 다한다.

강철의 단련도 중요하지만

나무의 결처럼 살아가자.

북풍한설 등에 업고

사나운 바람 가슴 때려도

내 안에 나이테 하나 묵묵히 들이자.

제주올레길을 만든 서명숙 선생은

길 이전에 음식이 있었다고 하더라

음식은 치유이자 화해이자

사랑이라고 하리라

20년 넘게 아침을 걸렀다.

전주의 아침,

한 그릇 뜻밖의 담백함 앞에서 축복을 떠올린다.

1박2일의 떠남이 주는 호사다.

한 그릇 끼니가 인연을 맺어주고

해묵은 증오를 누그러뜨리고

켜켜이 쌓인 설움을 삭혀주기를

밥이 젤이다 .

오늘도 밥심으로 가는 거야.

한 잎 두 잎 나뭇잎이

낮은 곳으로 자꾸 내려앉습니다

세상에 나누어줄 것이 많다는 듯이

나도 그대에게 무엇을 좀 나눠주고 싶습니다

내가 가진 게 너무 없다 할지라도

그대여

가을 저녁 한때

낙엽이 지거든 물어보십시오

사랑은 왜 낮은 곳에 있는지를

— 안도현 '가을 엽서'

좋다, 이 가을.
가을엔 엽서를 쓰리라.
그리운 벗들에게
고맙다고.
사랑한다고.
아, 좋다. 가을바람.

삶

누구나
홀로
선
나무

그러나 서로가 뻗친 가지가
어깨동무 되어 숲을 이루어가는 것

─ 조정래

인간에 대한 예의가 결여된 모든 결의와 숭고는 거짓이다.

사람에 대한 믿음과 신뢰가 없는 구호는 배신이다.

태풍이 나약한 인간의 민낯을 들춰낸 때

삶의 모양을 생각한다.

화를 멈추지 않는 것은
닿아오를 숯덩이를
상대에게 건지는 것과 같다

화상을 입는 건
나 자신이다

— 조정래

화상 조심하자.

가을을 재촉하는 비가 내린다.

마음 속 화를 잠시 빗줄기에 맡겨본다.

지겨운가요

힘든가요

숨이 턱까지 찼나요

할 수 없죠

창피하게

멈춰 설 순 없으니

— 윤상 '달리기'

숨가쁜 일상과

달리기가

겹친다.

그 모양이.

미래를 바꾸는 가장 유일한 방법은
현재를 변화시키는 것이다

미래란   현재의   헌신에서
비롯되는   것이기   때문이다.

변화는 헌신이다.

헌신 없는 변화는 탐욕이다.

좋은 생각을 하세요

그것은 언젠가 말이 되니까
좋은 말을 하세요
그것은 언젠가 행동이 되니까
좋은 행동을 하세요
그것은 언젠가 습관이 되니까
좋은 습관을 가지세요
그것은 언젠가 성격이 되니까
좋은 성격을 만드세요

그것은 언젠가 운명이 되니까

— 마더 테레사

좋은 생각에서 운명까지

자유의지

또는

사람 하기 나름.

Think

생각하는 대로 살지 않으면
사는 대로 생각하게 된다.

— 폴 부르제

위대한 성과는 작은 생각의 변화에서 시작된다.

비바람 몰아치는 여름 한복판에서.

성공하는 사람들은 가슴속에
큰 꿈을 품는 사람들이었습니다
그들은 항상 나은 미래를 상상하고
모든 방법을 동원해
이상 실현을 위해
처절히 매달린 사람들이었습니다

인생은
속도보다는 방향이 중요합니다

속도가 아니라 방향이라니까.

그러니까
한 번씩 뒤돌아도 봐야지.

자꾸 나만 옳다고 말하지 마.
나중엔 사람 없어.

세상 사람 다 힘들어.
나만 힘들다 말하지 마.

그러니까 함께 가자고 하는 거야.

힘들면 한 숨 쉬었다 가요

세상이 나를 괴롭힌다고 생각하세요
내가 쉬면 세상도 쉽니다

— 혜민 <멈추면, 비로소 보이는 것들>

서점에서 혜민스님을 만났다.

"순간순간 사랑하고

순간순간 행복하세요.

그 순간이 모여

당신의 인생이 됩니다."

"남 눈치 너무 보지 말고

나만의 빛깔을 찾으세요.

당신은 세상에서

가장 소중한 사람입니다."

가슴 후비는 말들.

후빈 만큼

더 단단히 채워진 가슴.

不患貧
患不均

백성은

가난함을 근심하지 않고

고르지 못함을 근심한다

— 정약용 <목민심서>

不患貧患不均(불환빈 환불균)

일하는 사람들이 존경받고

정의가 승리하는

공명정대한 세상

역사의 진보와 오월정신을 되새긴다.

삶을 깨닫는
가장 정확한 길은
세상 만물을
사랑하는 것이다.

— 빈센트 반 고흐

후배 결혼식

반가운 얼굴들

잊지 않고 함께한 소중한 인연들

예쁜 가정 만들어라.

무등산을 촉촉하게 적시는

빗줄기가 시원하다.

내 삶을

시원한 사랑으로 채워준

얼굴들이 살갑다.

실패를 말하지 않는 것은
성공을 뽐내는 것보다
더 위험하다

— 프랑수아 케네

살다보면 넘어질 수 있다.
게임에서 질 수도 있다.
인정할 수 있어야 한다.
그게 용기다.
거기서부터 시작이다.

조국은 하나다
모월에서 통일로
백두에서 한라까지
한겨레

Korea is one.

영화 <코리아>를 봤다.

짧은 만남과

헤어짐.

눈물.

분열과 대립을 넘어

한마음 한뜻으로

가야 한다.

통일의 새 세상으로.

봄비는 그리움

희망은
두려움을 이길
유일한 해독제이다.

— 랜스 암스트롱

비 내리는

메이데이에

더 가까워진 하늘을

오래 쳐다본다.

나는 일을 어중간하게 하는 것을 싫어한다

그것이 옳으면 대담하게 해라

그것이 그르면 하지 말고 버려라

이상을 가지고 산다는 것은 성공적인 삶이다

사람을 강하게 만드는 것은
사람이 하는 말이 아니라.
하고자 노력하는 것이다.

— 어니스트 헤밍웨이

가끔 강한 집착에 끌린다.

기적은 그렇게 일어나지 않을까.

주변에 장인(匠人)이 있으면 행운이다.

집착과 기적이 균형을 이루는 삶을 볼 수 있을테니.

정신없이 뛰었다
적잖은 방점을 찍으며
쉼 없이 달려온 길을 돌아보며
다리 한 번 쭉 펴본다

더 멀리 힘차게 달리려
깊은 심호흡을 해본다

천일처럼 긴 하루
최선을 다했기에

정직한 결과를 기대한다

성실이 열매를 맺는
그런 세상을 꿈꾸며

힘든 길

수고한 발

보조를 맞춘 어깨

토닥토닥.

대부분의 가치 있는 것은
부딪쳐 봐야 얻을 수 있다

— 헨리 나우엔

사람들의 땀으로 채워지지 않고

사람들의 땀이 부딪치지 않은

껍데기는 가라.

사과 속 씨앗은 셀 수 있지만
씨앗 속 사과는 셀 수 없다.

—캔 키지

씨앗 속 사과를 위해

누군가

햇볕, 비, 바람이어야지.

귀 사용법

저 기물에라
너의 혀가
너의 귀를 막기 전에

— 키로키족 격언

귀는 열려 있다.

잘 들으라고

입은 닫혀 있다.

잘 들으라고.

낮은 곳의 울림을 담는 귀여야

역사 앞에 허물이 적다.

아침에는
운명 같은 건 없다
있는 건 오로지

새날

— 정현종 '아침'

새날,

새로운 역사,

새로운 세상은

창조적 어깨동무로

쓴다.

國民을

이기려 하·는 權力은

나·쁜 권력입니다·

국민이 국가다.
국민은 싸움이 아니라
섬김의 대상이다.
역사의 후퇴는
국민의 눈물이다.

살아있는 모든 것들의 생명은
다 아름답습니다

생명이 아름다운 이유는
그것이 능동적이기 때문입니다.

세상은 물질로 가득 차 있습니다
피동적인 것은 물질의 속성이요
능동적인 것은 생명의 속성입니다

— 박경리 '물질의 위험한 힘'

출렁이는 통영 바다가 그리운 날.

자기 자신이 자기를 위해 살아가는 세상.

자존심을 지키는 삶을 주문한

박경리 선생을 떠올린다.

人生을

창조적으로 산다는 것은

희귀한 일입니다

지성이나 의지가

창조적 삶을 살게 합니다

생각하면 안 됩니다

창조적 삶이란
어떤 논리나 이론이 아닌
감성입니다.

— 박경리

태양 아래 새로운 것은 없다던데

평생, 세상에

새 것 하나 보탤 수 있을까.

오늘 만날 사람

오늘 스쳐갈 세상을

오로지

마음으로 마주할 뿐.

공부는 망치로 합니다.
갇혀 있는 생각의 틀을
깨뜨리는 것입니다.

— 신영복

거짓을 뒤엎는 것

닫힘을 여는 것

새로운 세상을 위해 복무하는

공부.

황금빛 들녘은

농부의 노동에 대한

말없는 찬사

한층 두층

세월로 쌓아올린 다랭이논에서

피눈물이 뚝뚝 흐른다

한 톨의 쌀은

영광과 고통의 결정체

나락 여문 가을

다랭이논 들녘에 서니

풍요와

고단함이

교차한다.

숲길을 만든 사람은
분명
새벽별처럼 마름다울 겁니다.

고단한 인생길에
사색의 길을 낸 당신께
존경의 마음을 전합니다

지리산 자락에서
유토피아를 떠올리며
아찔한 전율에 사로잡혔다.

지리산 둘레길이
더 예뻐보이는 것은
사람과 함께
걷기 때문이겠지.

내 마음의 초록 숲이

굽이치며 달려가는 곳

거기에 미술히 바다는 있어라
뜨겁뜨는 가슴에 너는 있어라

— 이시영 '빛'

내 맘속

초록 숲

검푸른 바다로

오늘도 나는 뛰어든다.

운명 따위 따져 뭐해.

내일은 또 새로운 해가 떠오를 텐데.

길을 잘못 들까
이 밤 홀로 서 있구나

불나방의 성가심을 참고
내 야윈 발끝을 비추는 구나

말 걸어주지 않아도

그렇게 있어줘서 고맙다

긴 항해 끝
조타실 작은 창문으로 부서지는
넌 등대다

집으로 향하는 길.

자석처럼

가로등 기둥에 붙어

한참을 서성였다.

도심 한 줄기 빛 아래서

파도 소리 갯 내음을 맡았다.

부득 칠성으로
북극성불 압니다
　나로 하며 빛나는
　낯이 있으멸

　　그도 행복압니다

우리는 모두 별.

서로 비추며
밤하늘을 수놓는

함께 빛나야 아름다운
삶 아닐까.

물 한 방울 없고 씨앗 한 톨 살아남을 수 없는

저것은 절망의 벽이라고 말할 때

담쟁이는 서두르지 않고 앞으로 나아간다.
한 뼘이라도 꼭 여럿이 함께 손을 잡고 올라간다.

푸르게 절망을 다 덮을 때까지
바로 그 절망을 잡고 놓지 않는다

— 도종환 '담쟁이'

눈이 머무는 자리.

서두르지 않고
꼭 여럿이 함께
절망을 다 덮을 때까지.

현재를 잃어버리는 것은
모든 시간을 잃어버리는 것이다.

― 영국 격언

현재 있는 그 자리가 꽃자리.

미래란,

현재의 헌신을 통해 만들어지는 것.

오늘이 지나면 어제다.

길이란 땅바닥에 있는 것이오
가면 길이고
가지 않으면
땅바닥일 것이오

— 김훈 <남한산성>

사람이 가야 길이다.

길은 그래서 짜다.

무수히 부딪친 땀방울이 스며서다.

나는 그늘이 없는 사람을 사랑하지 않는다
나는 그늘을 사랑하지 않는 사람을 사랑하지 않는다
나는 한 그루 나무의 그늘이 된 사람을 사랑한다

나무 그늘에 앉아
다른 사람의 눈물을 닦아주는
사람의 모습은
그 얼마나 고요한 아름다움인가.

— 정호승 '내가 사랑하는 사람'

시원한 그늘이고 싶은 삶.

아름드리 천년고목의 어깨가 아니어도 좋을

슬픈 땀 식혀주는 한 평 그늘.

내게 꿈꾸는 일은
매일 밥을 먹는 것처럼
먹어도 먹어도 또 새롭게
배가 고픈 그런 것입니다.

그래서 오늘도 하루가 있습니다

— 이현세

날마다 새로운 아침을 맞아야 할 이유,

또는

살아 있음을 확인하는 의식.

낙천주의란
아직도 좋은 것이
우리 인생에
남아 있다는
확신을 갖는 것이다.

— 빌리 그레이엄

그래도 살맛나는 세상이 올 거라 믿는 것.

좋은 일들이 펼쳐지리라 꿈꾸는 것.

오늘을 꽉 채워 사는 것.

내일을 계획하고 희망을 품는 것.

확신하는 다짐의 말을

스스로에게 던지는 것.

세면대 위로
선홍빛 액체가 뚝뚝
훙 했더니
주르륵 흐른다

자기를 사랑하는 게
최고의 로맨스다

오늘 하루는 천천히 가자
아끼자 몸도 마음도

야한 생각

많이 한 것도 아닌데

거참.

돌아서면 그리운 사람들

나도 누군가에게
그리운 사람이고 싶다

희망이란

이런 모습이 아닐까

소중한 사람들과 만남이
스물네 살의 나를 불러냈다.

그리운 그때의 내가
지금 누군가에게 그립고픈 나에게 묻는다.
내 꿈, 내 희망 잘 있지?

뜨거운 숨
나누는
사람들

붕붕을

닮은

사람들

가을빛 그윽한 날

무등산옛사길을 사람들과 함께 걸었다.

어깨동무로 걷는 길은 더뎌도 늘 좋다.

더디더라도 진심을 다해 걷겠다
꼭 어깨동무하며 걷겠다.

'광주로' 사람들

광주의 내일을 이끌 젊은 활동가들과

설렘 속에서 사람 사는 이야기를 나눴다.

더불어 함께 사람사는 세상을 위해 걸어온 삶을

예쁘게 담아주셔서 고맙다.

그들과 함께 걷는 길은

행복입니다

치유입니다

사랑입니다

큰 달이 떴다.
하얀 운동화 코에 달빛이 박힌다.
달처럼 밝은 사람들을 만났다.
그 둥근 빛을 바라보며
끝까지 동행하리라.

노동이 존중받는 세상

노동이 세상을 움직입니다
일하는 사람들이 대우받고
노동이 존중받는 세상을 위해
진심을 다하겠습니다

광주광역시 투자기관 노동조합협의회는

11개 노동조합 협의체다.

노동운동을 불온시하고, 권력을 앞세워 노조를 탄압하는

반노동정책에 맞서 연대한다.

민주유공자법 제정하라

민주의 제단 위에 꽃처럼 산화하신
민족민주열사들의 명예를 온전히 되살리는
법 제정은 반드시 이뤄져야 합니다-

민족민주유가족협의회 부모님을 뵙고 왔다.

부모님들의 간절함이

국회의 문턱을 넘어

법 제정이라는 결실을 맺어야 한다.

민주유공자법 제정 농성장에서

더 큰 민주주의를 생각한다.

어머님, 아버님 건강하세요.

힘들었지만 행복했었지
말하는 사람 속에 있었기에
언제나 그립고 애틋한 시절이었지

　　　　　　가슴 뭉클한 그 이름
노동자·문예운동연합
　　　　　　　'빛꽃마당'

무등경기장 후미진 건물 지하에서
울고 웃고 토론하고 춤추고
창작과 연습으로 하얗게 밤을 새웠지.

낡은 호주머니에서 꺼낸 지폐 몇 장 모아
쓰린 소주를 부었지.

잔업 끝낸 누나들은
무거운 발걸음을 가슴으로 재촉해
일꾼마당 공간 장구 앞에 퀭한 눈으로 앉았지.

제22회 광산구협회장기 배드민턴 대회
팬데믹이 가고 건강이 왔다

광주여대 체육관에서 배드민턴대회가 열렸다.
팬데믹 이후 가장 큰 배드민턴인 축제마당이다.

코로나19 이후 동호회원이 많이 줄었다고 한다.
부흥을 준비하는 배드민턴협회와 함께 할 것을 약속했다.

임곡초 100년

더 큰 임곡

더 아름답고 잘사는 임곡

황룡강 굽이치는 기름진 땅 위에 세워진

임곡초등학교가 100년을 맞았다.

전국 방방곡곡에서 떠났던 사람들이 옛터에 모였다.

소중한 추억이 아로새겨진 임곡초는

많은 사람들을 지탱하는 힘이다.

임곡초 100년을 함께 축하했다.

시월의 어느 멋진 날

쌍암공원도
주민의 환한 얼굴도
알록달록

첨단1동 마을축제에 함께 했다.

주민이 기획하고 실행한 축제는

일상의 고단함을 날리기에 충분했다.

쌍암공원은 서로를 위로하는 대동세상이었다.

주민자치역량이

행복의 큰 원천임을 실감하는 자리.

솔빛숲 가을밤 교육 축제

다섯가지 오
길 로
따 라

맑은 가을밤 광산구 하남동 경암공원 솔밭에서
'오로라 페스티벌'이 열렸다.

마을 곳곳이 배움터인 광산구의 사람들이
교육을 주제로 한 자리에 모였다.

오로라처럼 다양한 색과 모양의 생각이
존중받는 교육을 함께 만들어 가겠다.

땅 한 평

서울서 땅 한 평 얻지 못했던 친구가
시골에서 어머니와 텃밭을 일궜다

거기서 싹을 올린 생명들이
그 어떤 성공보다 위대해 보인다.

가난해서 일찍 서울로 간 친구.

동대문과 청계천, 남산 기슭

이곳저곳이 일터였던 친구는

철없는 나를 늘 통닭집에서 맞아줬다.

그 만남이 저임금 노동을 가불한 시간임을 그땐 몰랐다.

징역살던 나를 면회와서

그렁그렁 눈물 흘리며

세상에 울분을 토하던 친구의 얼굴이 선하다.

친구가 어머님과 텃밭 생명들 속에서

고단했던 젊은 날을 보상받길 바란다.

특박한 손을 먼저 잡으십시오

초심을 잃지 말아야 합니다
지치지 말고, 남을 함부로 대하지 마세요.
어떤 상황에서도 굴하지 않고,
나만의 길을 걸어야 합니다.

천주교광주대교구 옥현진 시몬 대주교님을 뵀다.

너른 품과 환한 미소, 울림 큰 말씀을 옮긴다.

"바이올린을 만드는 나무는 고산지대에서 자랍니다.

찬 이슬 거센바람 모진풍파를 견뎌낸 단단한 나무가 재

료입니다.

산 아래 나무는 성장은 빠르고 예쁘나

물컹하고 강하지 못합니다.

아름다운 악기가 만들어지는 이치입니다."

마음의 평화

글씨를 쓸때 평화를 얻는다
누군가의 꿈을 응원할 때
더욱 그러하다

생각을 더하고,

정성을 담아 여백을 메우는 일은

마음에 평화를 심는 일이다.

세상에서 가장 큰 우산을 써 본 날
김볼회

후두둑 비가 세차게 내리는데
마을버스가 서둘러 정류장에 들어왔어.
사람들은 우산을 접지도 펴지도 못한 채
엉거주춤한 자세로 버스에 오를 준비를 했지.
그때 교복을 입은 오빠가
가만히 버스 줄 밖으로 비켜서는 거야.
다른 차를 타려나보다 생각했는데 아니었어.
기다리던 사람들이 버스에 다 오를 때까지
한참 동안 우산을 높이 펴들고 서 있더니
맨 마지막으로 버스에 오르는 거야.
그것을 본 만원버스 속 사람들은
한 발짝씩 자리를 옮겨 오빠가 설 수 있는 길을 열어 주었어.
마을버스는 걷는 사람들에게 빗물이 튀지 않게
더 천천히 움직였지.
나는 그날 세상에서 가장 큰 우산을 써 본 거야.

후배 김봄희 작가의 작업을 응원한다.
예쁘고 맑은 동시에 마음이 넓어진다.

나는 지금 세상에서 가장 큰 우산 속에 있다.
나도 세상에서 가장 큰 우산을 만들고 싶다.

마음 속 어머니

한없는 은혜와 사랑 잊지 않겠습니다.
따뜻하고 행복한 시간에 감사드립니다.

치열했던 청년기부터 언제나 내 편인 마음 속 어머니들.

민가협, 유가협, 오월 어머님께 감사드린다.

이한열 열사 어머님이신 故 배은심 어머님이
몹시 그리운 날이다.

송암동

5·18 민간인 학살

11살 전재수 열사

감독 비조훈

광주극장에서 영화 <송암동> 특별상영회가 열렸다.
1980년 5월 24일 광주 외곽 송암동 일대에서 벌어진
잔혹한 민간인 학살의 진실을 알린 영화다.
열한 살 전재수 열사도 이날 돌아가셨다.

상영에 앞서 무대인사의 영광을 얻었다.
"2030년이면 5·18 50주년입니다. 앞으로 7년 남았습니다.
여전히 오월을 왜곡하는 세력이 있습니다.
영화를 통해 더 많은 이들이
오월의 진실에 가까이 다가갔으면 좋겠습니다" 말했다.

5·18의 진상을 알리는 소중한 작업들이
계속 이어지길 희망한다.

먼길 달려온 임은정 검사님에게도 고맙다.

양회동 열사

금남로 양회동 열사 정신계승

광주지역 범시민 촛불문화제

사람 사는 세상을 위해 헌신했던 열사의 죽음은
검사독재 강압수사가 부른 참극이다.

굳건한 연대로 검사독재를 끝장내고,
열사가 염원했던 평등세상을 열어 나가자는 다짐에
목소리를 보탰다.

간비 내린 황룡강
깊은 물길을 따라 달렸습니다
남도의 생명을 품은 강은
낮고 푸르게 흘렀습니다

후배의 초청으로 황룡중학교 동문회 체육대회에 갔다.

광산구 이웃 장성 사람들은

낯선 이에게 가슴을 먼저 내어줬다.

귀한 자리에서 고운 인연들을 만났다.

모두가 황룡강의 물방울임을 확인한 만남이었다.

김치를 나눈다는 건

삶을 깊게 공유하는 멋입니다

김장을 끝내고
고구마를 쟁이고
맑은 동치미를 준비하면
겨울이 비로소 찾아온다.

김장김치를 나누며
그리운 할머니 얼굴을 떠올린다.

빠알간 김치처럼 눈시울이 붉어진다.

세상 다 없어도 너만 있으면 돼
힘주어 얘기하는 친구

난 해준 것도 해줄 것도 없는데

종교처럼 굳어버린
우리의 우정과 사랑 앞에
무릎꿇고 두손 모은다

언제나처럼 아기 예수같은 미소 잃지 말고
순수한 맘 변치 말고
네 인생의 주인공으로 살았으면 해

시골 친구가 보자기에 김장김치를 싸왔다.

자응에서 광주까지

예쁜 제수씨와 함께

네게서 할머니 냄새가 나고

할머니 눈빛이 비친다.

그렇게 우린 동네 팽나무처럼

나이 들고 있구나.

탐진강 기슭 후박나무마냥 푸르게 익어가는 구나.

*장흥 사람들은 '장흥'을 '자응'이라 말한다.

과거와 현재와 미래가
존재를 규정한다
그래서 인간을 시간적 존재라 한다
미래가 없는 삶은 존재의 의미가 없다
과거에 얽매이지 말고
현재에 충실해야 내일이 열린다

한승원 선생님의 장흥 海山土屈을 찾아

귀한 말씀을 들었다.

선생님의 만수무강을 빌며 깊게 세배 드렸다.

늦가을 억새를 보러
산 닮은 사람들과 함께

머얼리 득량만 바다 내음
섬들 사이 감춰진 이야기가 밀려온다

설록도가, 금당도가
구름 뒤 숨은 한라산
곶자왈 맑음까지

장흥 천관산에 올랐다.
산을 닮은 형과 동행 길에
산을 닮고 싶은 후배도 따랐다.

한라산 너머에는 강정마을이 있겠지.

경외

차고 넘치는 흠모들
내게 베풀고 붙쳐다
미륵불의 간절함이고
용기의 별빛이다

내 인생 힘의 원천이다

후배들이 마흔 잔치를 한다.
스무살 청년이었던 후배들과
'겨레지기' 이름으로
손잡았던 인연이 벌써 20년째다.

소심한 내가
아름다운 역사를 놓치지 않으려
안간힘을 쓴 세월이기도 하다.

한 끼 밥

한 끼 밥은 허기를 채우는 시간이 아닌
사람과 정을 나누는 미식이다
후배들을 만났다

발우공양 같이 정갈한 상차림 속
알싸한 김치맛이 일품인 곳에서
온몸으로 세상을 부여안고 소통하는
후배들을 만났다

남총련콘서트를 준비하는 후배들.

좋은 밥상에 마주 앉아

한 시대를 이야기했다.

아름다운 두 청년의 내일도 희망차길.

*남총련은 광주전남대학총학생회연합

아! 박관현

우리 사랑은 꽃피지도 말았는데
세월은 빛의 속도로 역사가 되는구나

민주화운동 한복판에 청춘을 내던진
선배들의 머리에도 잔서리가 내려앉고
기억을 더듬어 빛나는 민주의 새벽을 노래한다

두 주먹 불끈 쥐고 승리를 결의한다

박관현 열사 30주기 추모제가

국립5·18민주묘지에서 열렸다.

유가협 부모님과

열사를 기억하는 따뜻한 사람들이 함께했다.

*유가협은 전국민족민주유가족협의회

국화 한 송이
탁주 한 잔 깊게 올린다.

민주화의 새벽기관차· 박관현
오월의 불꽃으로 살다 가신

박관현 열사 41주기 추도식에 다녀왔다.

꺼지지 않은 횃불

오월의 불꽃으로 살다 가신

열사의 삶을 영원히 기억한다.

서럽도록 맑고 푸른 가을 하늘 아래서

열사의 뜻을 되새긴다.

독립운동을 폄훼하고,

홍범도 장군의 흉상을 철거하는

어처구니없는 상황이 밉다.

열사께 송구스럽다.

배고픔에 글러브를 끼었던 때처럼
눈빛은 이글거렸다

생의 마지막 하루를 살 듯
투혼을 불살랐다
잘 싸웠고 명예를 지켰다

꿈속에서도 잊은 적 없던 링
첫사랑 애인 같던 링에서
내 마음 최요삼은 쓰러졌다

요삼이와 긴 시간 함께 했다.
아우는 불굴의 의지를 지닌 프로였다.
챔피언 시절 방어전을 눈앞에서 지켜봤다.

시간이 흐른 뒤 아우는 도전자의 이름으로 다시 링에 섰다.
남들은 그 나이에 챔피언벨트를 찾지 못할 거라 말했다.
그는 자기 자신을 믿었고
꿈과 목표를 향해 신발끈 질끈 묶고 뛰었다.
지옥같은 체중감량을 이겨낸 아우는
특설링에 올라 내려오지 못했다.

마지막 가는 길.
자기가 줄 수 있는 모든 것을 내어주고
하늘나라로 갔다.

내 영웅 봉주야!

광주에서 만나 반가웠다

오늘 만난 모든 이가 널 좋아해서 더 기뻤다

지금도 달리고 있는
　　　　　국민영웅 이봉주
사랑한다.
　　　　　다정한 나의 벗

요삼이를 떠나보낸
현대아산병원 영안실서 봉주를 처음 만났다.

국민영웅 마라토너 봉주와 나는
기적같은 인연으로 만나
우정을 키워가고 있다.

밥은 먹고 다니냐
몸 챙겨야 써
잠자리는 불편하지 않냐

누님은 엄마의 정을 내게 줬다
그건 힘이었고
은근한 자랑이었다

문흥동88-1번지 광주교도소
독방 빵끼통 문턱에 서 까치발을 들면
누님이 사는 아파트가 아스라이 보였다

한달음에 갈 수 있는 곳에 난 있었고
아파트 단지의 희뿌연 불빛과 마주할 때마다 눈물이 났다

박관현 열사의 누나 박행순.

*빵끼통은 변기

누님은 광주대 학생회관 1층에서 매점을 운영했다.

내가 몸담았던 총학생회 사무실은 그 건물 위층에 있었다.

누님은 나를 포함한 총학생회 일꾼들을 보면

먼저 보낸 동생 대하듯 했다.

매점에서 눈이 마주치면 누님은 어김없이

버스 토큰 한 웅큼씩을 내게 쥐어줬다.

제41주년 5·18민주화운동 기념식, 민주묘역

내 삶의 푸르름
늘 맑은 마음속 숯밭
대숲의 바람을 비추는 온온한 보름달
들녘회 깨복쟁이 벗들

이렇게 나이 먹고 위로 받고
사랑보다 깊은 우정을 만남으로 느낀다.

세상살이 이유 없이
높고 낮음 없는 평등한 관계.
사랑하는 내 인생의 보물들.

내가 얼마나 춥냐

할머니 걱정마씨요
보일러가 들어봐서
집보다 따숩봐라

감옥이 집보다 따뜻하단 거짓말을 가리려
함박눈 펑펑 쏟아지는 날
철창 안에 선 나는 어색한 웃음을 지었다

할머니는 글을 읽지 못했지만

지혜의 숲은 울창했고 강단졌다.

평생 나만 바라보고 사셨던 당신.

관공서 한번 가보지 않았던 할머니는

철창 너머의 손주를 보며 얼마나 원통하셨을까

할머니는 장독대 위 정화수 한 그릇 놓고

미어진 손금 닳도록 기도를 올렸다.

마른 하늘에 날벼락 암 판정

찰진 음식 예쁜 옷 한 벌 드리지 못했는데.

좋은 약 한번 써드리지도 못했는데.

사무치는 그리움을 몸이 감당해내지 못한다.

가을이 내게 그리움인 이유다.

삶을 노래하는 사람에게
개런티는 자존심
자기 가치부여의 척도
'직녀에게'의 김원중 형이 말했다.

이런 형이
통일, 추모 행사에는
늘 한달음으로 달려와
자리를 빛내 준다

중학생 때 형의 '바위섬'을 들었고
대학 시절 형이 부른 노래 가사의 의미를 알았다.

형이 매달 이어가는
빵 만드는 달거리 공연 일정 스크랩해
호주머니 속에 넣어두고 만지작거리지만
참석하지 못한 지 오래다.

다가오는 공연에는
가까운 사람들과 꼭 형 무대를 찾아야겠다.

탈패

봉산탈춤 추고
한삼 자락 그윽한 춤사위에 청춘을 묻었다

아련한 추억 속엔 인생의 좌표가 있었고
내 청춘의 심장은 떨리며 살아있다

한 평생 잊을 수 없는

내 삶의 처음과 끝

탈패 친구들과 만났다.

인생은 아름답고

삶은 그래도 살만한 거다.

작은 예수

쓰러진 꽃잎 하나

온 국민을 일으켜 세웠다

민주주의의 불꽃으로 타오른 열사

거짓투성이 세상에서

그대 마지막 선한 눈빛을 생각한다

피로 죽음으로 쟁취한 민주주의여

2012년 국립5·18민주묘지 민족민주열사 묘역에서 열린
한열이 형 25주기 추모식.

열사 어머님의 울먹임이 가슴을 친다.

정치는 바다

함께 아파하는 정치
항상 당신의 편에 서는 정치

정치는 사람을 향해야 한다.
정치는 군림이 아니라 섬김이다.

가난한 집에 해마다 연탄을 배달하고
형편 어려운 가정 아이들 기 살리려
매달 생일케익을 전하는 사람.
방학이면 장애청소년들과 바다를 보러가는 형.
내가 아는 송갑석의 모습이다.

전대협 의장이었던 갑석 형은
주요 학생운동 출신 중 유일하게
사면도 가석방도 없이 5년 2개월 동안 옥살이했다.

여섯 번의 겨울을 얼음장 같은 감옥에서 보냈기에
해마다 햇볕도 닿지 않는 곳으로 연탄배달을 가는 걸까.

꽃이 지다-

그대 가는 길
서러울까
외로울까-
밤새 눈이 나린 거군요

그대 새하얀 눈이 되어 하염없이
전나무숲을 적시고, 선명한 발자욱 새기며
바삐 걷는 그림자 쫓아 눈길을 걷습니다.

꽃들

풍파에 찌든 얼굴 애써 감추지만

그 모습 그대로 고맙구나

마음 속 순수는 세월이 빼앗지 못하는가 보다

코흘리개 꼬마들이 딱 그만큼의 아이들을 두고 있구나

작아진 운동장에 우린 거인으로 서있다

억불산 바람 같은 초등학교 친구들과

삼십년 세월을 건너 만났다.

촌놈들아,

그땐 우리가 세상의 주인이었지.

오늘도 변함없이 외친다.

태양은 깡촌 장흥을 중심으로 돈다.

님을 위한 행진곡

사랑도 명예도 이름도 남김없이
한 평생 나가자던 뜨거운 맹세
동지는 간 데 없고 깃발만 나부껴
새날이 올 때까지 흔들리지 말자

세월은 흘러가도 산천은 안다
깨어나서 외치는 뜨거운 함성

앞서서 나가니 산 자여 따르라
앞서서 나가니 산 자여 따르라

좋은 노래를 만들고
노래도 잘하는 김종률 선배님.

선배님이 만든
5·18광주민중항쟁 두 돌 넋풀이는
여전히 현재진행형입니다.

변혁을 꿈꾸는 사람의 시선은 따뜻하더이다.

뜻밭에서 치현에게

바람 질퍽한 뜻밭,
너의 목소리
진하게 풍풍하구나.
뜻밭의 냄새
마치 사람과
사람 사이를
바닷풀처럼 엮고
치현아 너의 목소리
사람과 사람 사이를
딱, 불며 놓는구나
전라도,
눈물 설움 맑은 것도
뜻밭 바람처럼 질퍽하니
가라 말는구나
치현아 고맙다
사람은 늘 사람 곁에
있어야만 했구나

詩 신동호

무안 망운의 바닷가에서 맞잡은 손
그립게 기리던 가슴을 부볐다.

검푸른 파도가 추임새를 넣고 술잔은 사람 향기로 넘친다.
꿈같은 하룻밤이 쓰윽 지난다.

여전히 씩씩한 종석 형과
<겨울경춘선>의 순수로 세상에 말거는 동호 형.
나는 무안의 밤하늘에 새겨준 시를 옮겼다.

은사·님

플라타너스 넓은 잎사귀가
운동장 자투리땅을 푸르게 물들여갈 때
젊은 선생은 내게 청춘을 붉게 나눴다

고등학생 시절 여섯 차례
고단한 아르바이트의 설움을
가슴으로 기억해주는 내 스승

단아한 스승은
참교육의 횃불이었고
탐진강의 맑은 물소리였다

열일곱 아득한 블랙홀이
스물여덟 찬란한 초신성과
황톳빛 운동장에서 새 매듭을 지었다

스승의 제자 사랑은 끝이 없다.

지금도 나를 걱정하고 내 선택을 응원해주는 선생님
스승의 쉬운 말과 사랑으로
나는 존재한다.

나이만큼 스승과 멀어져가는 게으름을 탓한다.
용서받을 수 없는 나태다.
더 자주 찾아뵈야겠다.

작은 호수가 있고
호젓하게 걸을 수 있는 뒷산이
고요하고 깊다

검정 고무신 회색 등산화와 운동화가 형 집을 찾았다

형님과의 자리는 늘 새롭고 포근하다.
눈 내리는 겨울밤
방구들에 앉아 고구마를 까며
하염없는 얘기 보따리는
행복의 다른 이름, 살아가는 이유다.

형님이 이사를 했다.

시끄러운 곳을 싫어하는 형이

자신과 닮은 동네에 짐을 풀었다.

한 잔 소주와 함께 우정과 삶과 계획을 삼켰다.

남쪽 바다서 공수한 민어가 임자도 짠맛을 품고 있다.

대광리 넓디넓은 해변을 기억하는 놈이 분명하다.

외로움이 달아난 겨울밤

형님이 꿈꾸고 계획하는 모든 일이

순탄하게 이뤄지길 소망해본다.

듬직한 소나무 리밍교

20년을 훌쩍 넘는 세월
많은 일들을 함께해왔다

작은 것과 큰 것의 경계를 허물고
무심한 시간 속에서 힘을 비축했다

때론 눈물짓고
어느 순간엔 드드득 불판 쐬고
좁은 어깨 기대며
먼지나는 신작로를 터벅터벅 걸었다

선배는 내 고향 장흥에 뿌리를 내렸다

서로 떨어져 있으나
공감으로 일을 도모하고 의견을 나눈다

선배가 갈수록 억불산의 푸르름을 닮아간다

선배가 낙관을 새겨줬다.

평생 간직할 선물이다.

긍정의 말과 에너지를 나누는 모습을 다짐한다.

빠알간 인주를 준비해야겠다.

만남

선생이 나무에 새긴
사회변혁
평화와 생명의 기운은
울렁울렁 내 마음을 헤집었다

가지런한 색과 깊은 글귀는
머리보다 먼저 가슴에 꽂혔다
글씨 쓰는 나는
불뚝 불뚝
선생의 손미 궁금했다

소원 풀었다.

만남 속 기쁨을 확인한 기분 좋은 날

간절히 원하면 만나게 된다.

꽃샘추위에 놀라

벚나무가 꽃받침을 접던 날,

풀잎 미소의 이철수 선생을 만났다.

일필휘지 새김을 곁에서 지켜보는 행운도 누렸다.

선생이 나랑 같은 펜을 쓰더라.

괜스레 내 어깨가 으쓱해졌다.

별

내 인생에 별처럼 빛나는 사람들

주옥 같은 말씀과 기도에
못난 나는 감사할 따름이다

민얼굴은 맑은 복사꽃인 모양이다

배꽃 하얀 나주 하늘을
가슴 속 깊이 담은 하루.

가늘 라풍보다 마름라운 사람

당신의 사색과 생활에서 길어올린
진리를 양분 삼아
오늘도 저는
진리의 바다를 유영합니다

고마운 형님.

내가 세상을 사랑하게 만든 인연.

가을 밤이 유난히 예쁩니다.

아름다운 사람들

분단의 철책을 걷어내는 그날까지
작은 힘이나마 보태자

초가을 바람같이 선선했던
우리의 기억은 지금도 선명하다

통일사업을 함께했던

동지들을 만났다.

한결같은 이 사람들이 좋다.

이어지는 인연이 고맙다.

바람

○ 에서 1을 미룻자
물명을 개척하는 것
꽃되며 바람되며
창조적 삶을 밀굿자

후배의 새해 다짐을 썼다.

후배의 꿈이 이뤄지는 세상을 바라본다.

그 간단한 꿈
상식의 꿈이
땀으로 이뤄지는 세상 말이다.

별이 지다

불의를 뿌질러 정의의 칼이 되고
고분피 흘러 사랑의 꽃을 피운

그 마음 영원한 자유의 불사조

참스승 늘병란 선생님

통일 평화 세상에서 영멸하소서

2015년 9월

민족문학·통일문학의 큰 별이 졌다.

그토록 바랐던 통일 조국 보지 못하고

들꽃같은 혁명의 시들만 지상에 남기고

홀연히 꽃상여 타고 귀천하셨다.

낮은 목소리, 선비의 지조로 해방 세상을 위해

뭇 청춘의 벗 돼 주신 스승이시다.

5·18 묘역 우뚝한 당신의 시비를 보며

푸른 가을 하늘이 야속하기만 하다.

섬 섬 섬

강제로 형과. 멀으면
살아가는 힘을 얻는다.

시인이고 섬 연구가인 강제윤 형은
평생 섬과 섬사람 속에서 살았다.

형이 들려주는
섬 이야기는
아저씨를 소년으로 만든다.

오래된 시집

'연탄 한 장'이 있던 그 시집

시집 첫장 희미한 글씨
우리는 승리하리라
마음 대신
숫자 5040으로 불렀던 그때
그 야만과 통곡의 시대

야만과 거짓
통곡과 죽음의 세월에 진절머리 난다

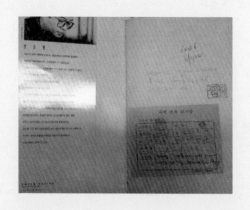

감옥에서 보던 낡은 시집을 열었다.
그때의 아픔이
방지턱도 없이 밀려왔다.

안도현 시인을 만나러 간다.
백석의 나타샤를 만나야겠다.

함께

무리가 함께 가면 길이 됩니다

같이 가는 길은

기술이 아니다

마음 쌓는 과정이다

바람보다 먼저 눕는 사람들이
광주에 왔다.
그들의 광주 사랑이 시리게 푸르다.

한 시대의 의장들.
전대협이란 이름 아래
내일을 꿈꿨던 이들.

스무살 청년 류재을

봄볕 따스한 날
그리운 사람들을 만나게 했구나
섬진강 매화보다 고운 향기가
망월묘역에 가득하구나
긴 시간 돌아 오었지만
낯설지가 말구나

2017년 류재을 열사 20주기 추모제에
많은 이들이 함께했다.

열사 부모님의 눈물이 가슴 시리다.

지켜주지 못해 미안하다; 재을아.
이제 편히 쉬렴.

코스모스 씨앗 심어달라던

박승희 열사

바람은 차고 높았다
그날처럼 거리에 함성이 넘쳤다
망월동 가는 길은
분노와 슬픔 불끈 쥔 주먹이 전부다

박승희 열사의 추도식에 섰다.

강경대 열사의 죽음에 온몸으로 항거한 열사.

여전히 어제 일처럼 아리다.

1991년 이팝나무 아래서 광주 운암동으로 향했던

새벽의 서늘함을 아직도 몸이 기억한다.

몸의 기억은 머리의 기억보다 강렬하고 처절하다.

사흘 밤낮을 뛰었던 그날의 오월은 아직도 오늘이다.

박승희를 잊지 않기 위해

망월동에서 두손 모은다.

망월동 가는 길
하이얀 이팝나뭇 슬프게 흔들릴 때
미철주 열사의 외침
붉게 박히리이다
배곯지 말라고
쌀꽃을 망월봉불에 가득 하리이다

망월동에 이철규 열사를 만나러 갔다.

통곡의 세월을 견뎌온 유가협 어머님들 가슴에
붉은 카네이션 한 송이 단정하게 달아 드렸다.

사람 향기

꽃송이들은 받아마는 산다

오월을 품고 살아보면 내 사랑이

그 큰 품을 안고 서물로 봤구나

사랑하는 동생이 2019년 4월 첫날 서울로 왔다.

새로운 공간이 푸른 숲처럼 아늑하길 바란다.

내가 사랑한 세상, 내가 사랑한 사람이

누구인지 사색하는 만남이었다.

나를 아끼는 사람

내가 사랑한 사람이 먼저다.

하람과 나리

마알간 눈방울 천사의 미소
게으른 삼촌과 첫 만남을
환한 웃음으로 풀어줘 얼마나 기뻤는지

널 안을때
봄날 참숭어 뛰듯 콩닥콩닥

맑고 향기롭게 자라렴

조카들이

소나무처럼

바다처럼

맑고 향기롭게 자라면 좋겠다.

하람아, 나린아.

큰아빠랑 친하게 지내자.

민주투사 김근태

고문 없는 세상에서

편히 쉬소서

2011년 민주주의 큰 별이 졌다.

지지 않는 별로
우리 가슴 속에
영생하시라.

시·묵집과
그리움

내가 존경하는 사람들
노무현 대통령님과 임종석 비서실장.

촛불이 들불로 번져
온 산하를 일으켜 세울 것입니다
민주주의는 힘이 셉니다

민가협 어머님들과 가을소풍으로 봉화마을을 찾았다.

노무현 대통령님 앞에서

나랏일을 걱정하는 어머님들의 한숨소리가 컸다.

가슴이 먹먹했다.

대통령님께 하이얀 국화 한 송이 놓아 드렸다.

반칙과 특권이 없는 세상
상식과 원칙이 통하는 세상
지역차별을 넘어 사람 사는 세상

열세 번의 봄이 피고 졌건만

여전히 노무현 대통령님이 그립고 그립다.

시리도록 푸른 하늘에

노란 바람개비가 꽃처럼 휘돈다.

김준배 1

한 번 살기 위해
타협과 부회의 길을 가기보단
명철히 살기 위해
원칙과 정도의 길을 가겠다

열사의 일기를 옮겼다.

내 친구 준배는

누구보다 사람을 아꼈다.

통일 세상 해방 세상을 향해

용광로처럼 뜨겁게 전진했다.

그리워 가슴 시린 사람

지켜주지 못한 약속

끝나지 않은 약속을 위해

오늘도 동행한다.

준배가, 열사가, 보고 싶은 밤이다.

*김준배 열사는 1997년 한총련 투쟁국장으로 수배를 받아 쫓기던 도중 희생됐다.
2002년 의문사진상규명위원회는 위법한 공권력 사용으로 열사가 숨졌다고 발표했다.
2004년 민주화운동 관련자 명예회복 및 보상심의위원회에서 열사를 민주화 운동 관
련자로 인정했다.

김준배 2

봄이 오는 길목에서 의연하리라
흔들림없이 조국의 하늘을 응시하리라
거짓과 억압 부수고
새로운 해방세상 갈망하리라
네 목소리 멀핏 바람결에 들리리라

열사 추모비를 고향 장흥 석대들 언덕에 세웠다.

동학농민군 최후의 격전지였던 곳이다.

열사 부모님과 함께 추모비에 서 있는 그를 만났다.

이런저런 이야기에

한마디 말도 않고 귀만 쫑긋 세워 듣던 열사.

부모님이 먼저 언덕을 내려간 뒤

열사에게 담배를 권했다.

그렇게 한참을 추모비에 기대 있다.

김준배 3

김준배 열사려
유년시절부터 장흥 교향친구로 지내다

부강한 독재권력과의 투쟁을
끝임없이 전개하였습니다

5·18 특별법 제정미 길물 멸었고
민주화운동물 민족보증합니다

2012년 9월

책장을 넘기다 구겨지고 손때묻은 자료 하나를 찾았다.

김준배 열사가 어떻게 민주화운동에 헌신하고 기여했는지

확인하는 기록 인우보증서

열사와 헤어진 지 15년이 흘렀다.

빛바랜 인우보증서는

그 시절을 명조체로 기억하고 있었다.

민주화운동보상심의위원회에 제출한 서류다.

늘 지금처럼

26년이 흐른 오늘도
뒤뜰 같이 익어갑니다

한가위를 앞두고
박준배 열사 어머님을 찾아뵀다.

환한 보름달처럼
어머님께서 평안하시길 기도했다.

어머님을 지켜주고 있는
충견 네오가 든든했다.

마흔 다섯 최치현이
스물넷 최치현에게

사랑한다.

2014년 후배가 책장 정리하다 발견한 사진을 보내줬다.

눈더미 속에 피어난 봄꽃처럼 고단했지만

청춘은 기어이 겨울을 밀어내고 있었구나.

우리를
어루만지는
풍경들

어울림 더불림 신가동

한마당 한뜻의 행사는

이미 좋은 대동세상입니다

'어울렁 더울렁 신가동축제'가 열리는
신가동 어린이공원에 웃음꽃이 피었다.

이 사람이 저 사람과 어울렁
어린이와 어르신이 더울렁
기분 좋은 울렁임이 가득한 자리에서
내 마음도 함께 울렁울렁 뛰었다.

신창동

마한의 역사와 유물이

오늘과 만나는 축복된 마을

신창동 주민총회가 동 행정복지센터 대강당에서 열렸다.

주민 직접투표로 '복합문화센터 건립'이

으뜸 의제로 결정됐다.

주민이 주인인 마을자치의 현장은 뜨거웠다.

진흥중 학생들의 참여도 빛났다.

정율성 역사공원

불량의 정치가 필요할 때

국가보훈부 유감

'정율성 역사공원' 조성은
광주 출신 음악가의 업적을
광주시의 문화 역사 관광 자원으로
활용하려는 사업이다.

국가보훈부는 이념전쟁의 선봉대가 아니다.
대한민국 정의의 뿌리인
독립, 호국, 민주의 역사를 바로 세우고,
국가를 위해 헌신한 분들에 대한
예우에 최선을 다하라.

땅 위에 뜬 달

머스름 저녁 길
지친 어깨 토닥이러
사람 사는 세상으로 내려온 달

수완마을 낮은 곳에 달이 떴다.
그 빛 따라 뭇 사람들이 집으로 향한다.

혹여 길 잃을까 구두코 앞을 환히 밝힌다.

책 밝는 아침
벌써 3년째
한강에 늦번
아침 저녁
팍찬 느낌과 포만감
또 가른 줄나믐
한해를 보내며 서로 책을 선물한다

더 아름다운 인연으로
책모임이 발전하면 좋겠다

주빈 형의 <구럼비의 노래를 들어라>를 준비했다.

형이 사무실로 와 서명해줬다.

2쇄 인쇄가 들어갔단다.

많이 팔려

제주 강정에 희망 메시지가 전달되길.

남쪽 나루

내 고향은 장흥
남쪽 나루 정남진은
겨울에도 별미 가득하리

천관산 해돋이는 장관
남향의 정취를 더하는
관산 넘는 길 좋대나문
겨우내 푸른빛을 밀지 않는
들녘 보리싹과 쪽파

지도를 펴고
서울 광화문에서
수평선을 그으면 정동진,
수직선을 그으면 정남진에 닿는다.

서울 중심 사고에는 불만이지만
남쪽 나루라는 말은 좋다.

섬은

은

세상
가장
짧고
고귀한
詩다.

섬에 왔다.

때묻지 않은 원초적 자유에

머리가 맑아진다.

겨울강

시린 강물을 부리로 쪼면 즉흥비로 떠났다
으슬으슬 걸린 하늘은 진눈깨비를 뿌린다
별 하나는 어둠을 뛰밟으스 해널에 갇혔다
강 건너 먼불
탑진포구로 흐르는 불줄기와 바람만
그대로 나를 반긴다

작은아버지 회갑
토란잎과 장흥 길을 달리며
겨울강을 가슴으로 만졌다.

청소년 아시아에서 함께 살기

Youth, Live together ASIA

해외의료봉사를 떠나는 청소년들이 있다
선한 어른들이 행사 기획을 도왔다.

함께 만들어가는 풍경에 마음이 간다.

지역을 넘어 아시아에서
더불어 살아가는 법을 배우는 시간
그득 채우길.

칼의 노래

노량의 물결은 차고 날카로웠다
남해대교 마래 바닷물은 칼 휘두르는 소리를 내며 출렁였다
펄럭이던 깃발들은 섬 깊숙이 눕을 숙였다

백의종군했던 이순신의 칼을
겨울 유자빛 노량 포구에서 만났다

싸움이 급하니 나의 죽음을 알리지 말라

남해에 와서

400여 년 전 이순신의 원통한 운구행렬과 마주했다.

행운이었다.

섬에서 충무공 유적 이락사와

영구가 안치된 충렬사를 거쳐

고개 너머 관음포에 섰다.

장군의 시신이 육지에 오른 곳

옛 사람들은 운구를 둘러메고, 통곡의 눈물을 머금고

지금 '호국길'로 불리는 고개를 넘었다.

지리산 차밭

파릇 파릇 찻잎들이
차디찬 계곡물과 함께 흐른다.
섬진강 팔십리는 그냥 시다.

지리산 쌍계사 길은 봄꽃만 예쁜 게 아니다.

봄 벚꽃에 가려진

흰 얼굴의 겨울길이 난 더 좋다.

골목길

뿌연 가로등 불빛을 타고 가을비 나린다
인기척 없는 골목길이 낯설다
모퉁이 돌면 누군가 손내밀 것만 같다

늙기를 기다려본 사람은 알리라
골목길은 기다림이고
그리움의 덧칠이란걸
외로움을 잊으려 걷는 발음 소리에
내가 더 놀라라

예전에도 이런 길을 걸었다.

성냥곽 닮은 창문에

손수건 크기 커튼이 쳐졌고

삼십촉 백열등은

유리창 너머로 뿌옇게 빛났다.

비가 그치면 겨울의 문이 열리겠지.

부각사 숲길

5·18 시민군이 피눈물 뚝뚝 흘리며
포승줄에 묶여 개처럼 끌려갔던 상무대

상무대 영창만이 그날을 기억한다
상무지구 붉은 빛과 쓰레기소각장의 검은 연기
전투기의 굉음이 아픔과 역사 모두를 삼켰다

부각사로 가는 숲길이 있어 다행이다
절집은 감싼 숲은
빛도 연기도 굉음도 걸러주며
시민을 역사로 이끈다

2012년 독일 작가 볼프강 라이프의 작품 '망망대해'가
문화관 3층 대들보 아래 전시됐다.

절에서 재배한 쌀.
작가가 재배한 헤이즐넛 꽃가루가 만나
무덤인 듯 섬인 듯
무더기가 생겼다.
우주가 탄생했다.

빗소리

양철지붕을 타고 흘러야 맛있다
후두둑 후두둑 턱턱턱

정태춘의 '북한강에서'를 들으면

강물 속으론 또 강물이 흐르듯
내맘 속엔 또 내가 부딪치며 흘러가듯
빗속으로 또 비가 내리리라

처마 끝 가을비 고운 머릿결같다

광주 양림동 골목

옹기종기 키 작은 집들 사이

눈밝은 건축가가

마음으로 만든 아름다운 찻집이 있다.

커피향 그윽한 그곳 가을비도 달콤하다.

명옥헌

어떤 시민
눈물이 나면 설압사로 가라
내가 아는 시민
눈물 속에는 고래가 산다
나
명옥헌에서 고래를 본다

졸졸졸 물소리
감익는 소리
적송과 백일홍이 얘기하는 소리
소리 소리 소리

담양 명옥헌을 찾았다.

그 여름

전쟁 같은 비바람을 어찌 이겨냈을꼬.

순천 어느 마을 당산나무 뿌리도 뽑아올린

태풍을 어떻게 견뎠을꼬.

조선 선비의 책 읽는 소리는 저물고

새소리 물소리 바람소리는 아우성친다.

당산나무

天時地利人禍福

하늘은 때를 주고
땅은 이로움을 주고
사람은 복도 화도 준다

나는 사람 때문에 쓰리다
낭만주의자가 아니어서 그런가

당산나무의 넓은 품으로
세상과 마주해야 하는데
내 그릇이 작나보다

담양 소쇄원 건너편 담안마을엔
아름드리 당산나무가 버티고 있다.

담안마을은 동림마을, 우성마을,
닭뫼마을과 함께 평촌마을로 불린다.

담안마을엔
당산나무같은 선배가족이 뿌리내리고 산다.

광주극장

거대 자본이 범접할 수 없는 영화 해방구
명맥 유지만으로도 고마운 곳

3시간 넘는 조지해리슨의 영화
아니 비틀즈의 역사를 봤다

옛 광주 충장로 극장거리는 사람으로 붐볐다.

왁자지껄 웃음이 넘쳤고

극장에 걸린 간판 그림은

실사 포스터와 원본대조필의 기쁨을 줬다.

영화보고 난 뒤

모처럼 찾은 광주공원 포장마차는

사람 수만큼의 사연과 이야기들로 빼곡하다.

지리산 소나무

넌 틀렸어가 아니라
나와 다른 생각을 하고 있구나

소나무들은 그렇게
일정의 거리를 맞대고 있었다
차마를 인정하며
오늘조늘 자기 얼굴 내밀지 말고
이 뿌리가 저 뿌리를 감싸며
푸른 빛깔 함께 뽐내리라

빼곡한 소나무 숲속을 걸었다.

빛깔, 생김새

세월을 견딘 나뭇가지 구부러짐 하나도 달랐다.

달라서 어울리는 소나무처럼

지리산 둘레길

걷고 또 걸었다
돌아보면 길은 더 막막해졌고
내딛는 길은 더욱 또렷해졌다

풀섶이 일어서고

소나무향이 피어오르고

밤나무는 알맹이를 찌우고

첩첩한 산들은 빠르게 내 그림자를 따랐다

길 위 사람들
고민과 걱정을 쇠똥처럼 흘리고
살갗을 자극하는 짜디짠 땀으로 머리를 비운다

숲길에서 만난 사람들이

먼저 말을 걸고 미소를 건넨다.

자연이 미욱한 인간에게 관계를 선물한다.

산을 내려가면

또 배려 없는 이기심에 부대끼겠지.

사색과 경청의 걸음을 내딛는다.

마음이 촉촉하고 머리가 맑아진다.

지리산은 고운 회상이고

내일을 여는 희망이다.

책장

편백나무 책장
사무실 가득 피톤치드가 퍼진다
콧속 가득 선배의 정성이 스민다
마음도 몸도 이미 편백숲이다

아끼는 물건 하나 생겼다.

물 묻은 수건으로 닦아주면 향이 더 짙어진다.

고향 장흥 우드랜드 냄새를

사무실에서 매일 맡을 수 있다니

통일운동의 한길에서 만난 인연이 고맙다.

길

평화로 가는 길은 없습니다.
평화가 곧 길입니다.

'무등산 풍경소리' 102번 째 공연이
원불교교당 대각전 앞마당에서 열렸다.

한여름밤 도심 속 울림.
만남이 기쁨이구나.

가식장

등나무가 햇살을 가리고
배롱나무 꽃망울 품고
키 작은 소나무가 소근대는 곳
삶과 세월 생명이 공존하는 그곳

무언가 심을 수 있는 곳이란 뜻의 '가식장'은
형제의 연을 맺은 형이 좋아하는 공간.

봄바람과 햇살 들여
자연의 운행대로
형이 가꾼 채소를 한아름 받아 안았다.
딸과 일주일 쌈해도 넘칠 초록을
가슴이 먼저 맛본다.

갈재비

봄바다 갈재비는
재비 재비
네가 남먹 파도가
바다라

탁주와 봄 간재미를 씹는다.

초가 무보다 더 달다.

자몽 사람들

뜨거워도 김을 내지 않는 매생이처럼
울퉁불퉁해도 살내음 가득한 표고처럼
내 매인 손금같이 마스라미 출러
푸르름으로 메돌아 스미는 함진강처럼
천년, 만년 고요하게 향기롭게 번저갈
뿌리, 고향, 시골, 자몽, 자몽사람들

'탐진과 사람' 송년회.

내소사

내소사 일주문은 찰나다
전나무 숲 치열함이
내 젊은 날을 닮았다

내소사 창살을 한참 들여다본다
단조로운 절창에 마음이 흔들린다

내소사 깊은 전설 속을 걸었다.

내변산 늦가을에서

내 삶이 보였다.

전라도 밥상

벌교 참꼬막 속살은 외서댁의 쫄깃한 태백산맥

세발낙지의 꿈틀거림은 장길산의 반란

흙 냄새 짭잘한 토하젓은 남도의 사랑

전라도 밥상은 언제나 진리다-

광주맛집 '정애네집'은

남도의 사랑이다.

가을은 동화다

도심 가을이 깊어간다

스머프 마을 저녁이 이렇게.
도시의 불빛이 연못에 잠긴다
따뜻한 마을 하나를 만들어낸다.

들어갈 수 없지만
선명하게 존재하는 아름다운 수완마을

내가 사는 광주 수완동에

가을이 내렸다.

락 페스티벌

젊음의 해방구
젊은 그대의 샤우팅이 낯설지 않은 가을밤

먹놀림을 녹청에 싣고
자부를 봄에 태워
끝내 폭발로 치닫는 축제

그렇지
봄막
봄으로 듣는 거지

어느, 가을날

젊은 도시 광산구가 수완호수공원에

청소년들의 참여마당을 열었다.

청춘들보다

어른들이 더 신났다.

더불어락 노인복지관

노인 한 명이 사라지는 것은
도서관 하나가 없어지는 것이다.

어르신이 존경받는 곳
생산의 주체로 당당히 나서는 곳
복지관을 마을주민과 함께 나누는 곳

광산구 더불어락노인복지관은

노인복지의 순례지다.

초등학교 교과서에도 실렸다.

복지관 어르신들이

그동안 갈고닦은 실력으로 예술제를 연다.

제주의 밤길

제주 바당에 가민
북에 난 것도 풀어지곡
눈물 젭질란 것도
몰라불곡

제주 밤하늘이 예쁜 건

위로의 시가 인도 위에 반짝여서다.

길바닥 돌에 새겨진 제주의 말을 옮겼다.

연극, 문상원

나, 문상원이, 그리고, 자네, 자네,
우리 들불로 번지세,
우리, 다시 하세, 다시 살세,
좀 있다 보세,

5·18 시민군 대변인 윤상원 열사의 일대기를 그린 연극

<님을 위한 행진곡>이 무대에 올려졌다.

광주 대표 놀이패 '신명'과 시민배우가 만들어낸

창작물이라 더 뜻깊다.

황지우 시인의 시 '윤상원'은 쉼표로 끝난다.

열사의 말과 행동은 현재진행형이고

부활할 것이라는 의미이리라.

오늘밤 꿈속 열사를 만날 것 같다.

탐진강

사뿐사뿐 걷는다

묵념의 꿈과 추억이 흐른다

물살은 돌에 부딪쳐 수풀사이로 몸을 숨긴다
억불산 긴 그림자 속에서 생채기를 핥는다
발끝에 할머니 닮은 며느리바위 그림자 부서진다
부서진 조각들이 강물에 실려 멀어진다
탐진포구를 만나 갯벌과 바람으로 환생한다

고향 탐진강 징검다리를 건넜다.

할머니 생각이 환생까지 이르렀다.

그리운가 보다.

가슴에

강이

흐르는

사람들

장흥을 생각하는 탐진강 주변 출신 사람들의 모임
'장생탐진포럼' 총회가 서울서 성황리에 마무리됐다.
뿌리를 잊지 않고 연대·협력하는 사람들에게서
힘과 지혜를 얻었다.

서래현

나뭇가지에 대롱대롱 매달린 넌
울음 그친 매미의 허물이다.

미 집은 불명
풀벌레의 서글픈 울음 모아 밥을 지불 것이다

지리산 사람들의 눈이 선한 건

가을 매미 울음이 작아지는 사연을 알기 때문이다

지리산 둘레길에서 이쁜 간판을 봤다.
자연의 일부로 자기를 들여놓을 줄 안다.

서래헌,
너 참 곱다.

홍어

전라도의 정수
신안의 짠맛
남도의 참맛

빈곤한 말는 그만
삼합에 탁주 한잔
우주를 품는다

나는 오늘도 흑산 홍어를 받아들이며
거짓과 우격다짐을 이겨내는 힘을 기른다.

풀벌레 소리

숲 속 풀벌레 소리
신발 뒷꿈치를 졸졸 따라온다

불멍이 세상 소음을 가린다

묵은 생각 착한 몸짓비
물음 뒤로 살포시 내려 앉는다

정겨운 소리에

잠시 마음 내려 놓는다.

적분산이 내 키 만큼 소담하다.

그 또한 예쁘다.

고향그림

포근함이 연초록 이파리에
주렁주렁 매달렸다
비오는 날이면
양철 지붕을 때리던
소년시절 가슴에 감았던 그리운소리
내 고향은 물머가 해엄치는 탐진강이다

그리움의 절정을
친구의 창작실에서 만난다.

나이 먹는다는 것이 무언지 생각한다.
이팝나무의 청초한 빛깔과
가지산 골짜기 그림자 사이
어느 즈음에 나는 와 있다.

감사

어머님

잘못된 부분이 있다면

고치겠습니다

조용한 발자국이 복도 끝을 맴돌다
사무실 문을 노크한다.

환한 미소의 어르신이 수줍게 서 있다.

지난주 오열과 설움의 눈물,
울분과 응어리를 풀어내던 모습은 간데 없다.

듣고 또 들은 다음날 일을 처리했다.

한마디의 위로와 진심이
응어리를 조금이나마 삭이지 않았을까.

어르신의 미소가 오래 남을 것 같다.

남해

앵강다숲길의 향기가 스민다
남해 바다를 품었다
몽돌이 발을 걸고 파도와 바람이 뺨을 어루만진다

석방렴의 지혜를 담고
솔솔과 층층 다랭이 논길을 걸어나와
두곡해변미 활짝 웃는다

남해 앵강다숲길에서
층층이 쌓아올린 다랭이논과 고기잡이 석방렴을 만났다.

다랭이논에 축적된 노동과
석방렴에 응축된 지혜에
쌀 한 톨.
자연이 인간에게 선물한 고귀한 먹거리를
허투루 하지 않을 마음이 일었다.

태백산맥

문학은
인간의 인간다운 삶을 위하여
기여해야만 한다

조정래 선생의 말씀은 명징하다.

가난뱅이 떠돌이 시절 많은 책들을 잃었다.

아름다운가게에서 일하는

혜영이가 <태백산맥>을 구해줬다.

어둠 속으로 사라진 하대치의 발걸음은

어디쯤 가고 있을까?

뒷모습을 잊을 수 없다.

카페훌러

메뉴는 목판에 적혀 있다
차를 골라 카운터에 보여준다
이 카페의 주문은 이런 식이다

청각장애인들이
스스로 서기 위해
맘 훌리는 밀러다

공지영 작가 소설 <도가니>의 인화학교 졸업생들이
자립을 꿈꾸는 곳에 왔다.

광주도시철도공사 1층에 있는 이곳을 가끔 들른다.
공정무역 커피와
청각장애인들의 따뜻한 시선을 만날 수 있는 곳이다.
연대는 치유다.

벽난로와 기타

토막난 바람 장작이 탄다
마슥한 작은 공간도 함께 탄다
사람들도 추억 속으로 타들어간다

일렁거리는 불빛을 따라 기타 선율이 흐른다
정태춘의 떠나가는 북한강이 스민다

사직골에서
활짝 핀 불꽃과 가슴 후비는 노래에 취했다.

상념이 일었다 흩어지기를 반복했다.

금남로 죽음의 총소리가 전깃줄에 앉았다.
광주천은 여태 말이 없다.

장준하 선생의 삶이 시뻘건 숯덩이로 가슴을 쳤다.

대오름

대보름 달집 태우러가자
맥은 사르고
물은 널리 고루 퍼지는
달집 태우러 가자

무등산 평촌마을에서
요란하지 않은
정월대보름행사를 준비하고 있다.

솟대 만들고
소망편지 쓰고
쥐불놀이도 하고

달집이 하늘에 닿으면
새날 새아침이 오겠지.

동백

사람 그리워 길가로 마실나온 너 참 붉다
봄을 알리려
새벽밥 한그릇 빈속을 채우고
트럭 몰아 여기까지 온 너에게
차마 고향이 어디냐고 묻지 않았다
선운사 동백만 동백이더냐

송정5일장에 동백 묘목이 나왔다.
목련도 감나무도 헛개도 사람구경 한다.

대형마트에 없는 흙냄새가
송정5일장에는 있다.

치과 가는 길에 만나는 풍경들이
치과의사 성국 형의 맑은 미소를 닮았다.

세면정

껄어진 동백을 쓸지 못했다
뚝 부러진 모가지 못가에 다소곳하다
백년 나므도 멀못도 봄미다

보길도 세연정을 만났다.

떨어진 꽃을 저녁에 담는

선조들의 '조화석습(朝花夕拾)'의 넉넉함이 연못에 가득하다.

세월이 흘러도

고산 윤선도는 동백과 영원하구나.

남녘 섬 보길도는 꽃천지.

무릉도원을 꿈꾼 이상향이다.

지슬

제주의 하늘과 바람이 측백화이에도 빛나라.
바람 거둘수록 슬픔도 깊어진다.
진혼굿 한 번 멎었던 한의 세월들
한 동네 전체의 제사가 같은 날인 마을들
한라산 골짜기마다 박힌 통곡들
마~나고
명화는 불는다

제주 4·3항쟁을 다룬 영화 <지슬>
광주 상영회에 갔다.

오멸 감독과 대화의 시간도 가졌다.

섬사람 육지사람 할 것 없이
제주의 아픈 기억을 잊지 말자.

'지슬'은 감자의 제주도말이다.
통곡의 역사다.

빛고을

세상에서 가장 큰 학교

광주

진리다.

또 무슨 말이 필요하랴.

동피랑 마을

비틀비틀 골목길이 휘어진다
형형색색 담벼락미
코발트빛 바다를 만나 문문항을 더한다
다닥다닥 머대를 맞댄 집들
신비탈 골목길에 사연들을 숨겼겠지

동피랑 마을에서 통영바다를 바라본다.

충렬사가 의로운 모습으로 맞은편에 서 있다.
중앙시장 해산물은 사람과 냄새를 섞었다.

벽화 속 어린왕자는 자기 별인 듯
동피랑 마을 곳곳을 거닐며 나그네에게 길은 안내한다.
빨간머리앤과 천사들은 동네 할머니와 웃음을 나눈다.

숲 그리고 사람

푸른 하늘 맑은 바람
곡우 찻빛같은 영한 빗물을 벌려물린
메타세콰이어 숲속에 시간을 내려놓는다
빗소리 바람은 촉촉한 흙길을 걷는
사람들 발걸음 푸르르다

형들과 담양 메타세콰이어 길을 걸었다.

누군가 이야기한 누드김밥 싸는 원리가 새로웠다.

빠알간 담양 국수 한 그릇은

즐겁게 길을 걸을 채비였다.

장흥삼합

장흥읍 토요시장 소고기
유치면 가지산 표고
수문포 득량만 키조개
어느것 하나 빠지면 장흥이 아니지

그윽한 고향의 진한 맛.

잘 만든 김치

남도의 햇살과 바람
엄마의 정성을 담았습니다

지역에서 누구나 아는 선배님이
사업을 새롭게 시작했다.

가족 의견을 모아 지었다는 브랜드를
곰배체로 썼다.

정성 담은 김치가
모두의 밥상에 행복을 전하길 바란다.

김치가 된장과 간장으로,
더 많은 바른 먹거리로 이어지면 좋겠다.

창

늘 대린 창은 매달프다
비 내린 창은 서글프다

스승의 날

스승을 모시고 도토리잔에 술을 가득 채웠다.

도시의 바람도 멈춰서는 창을 가진 곳에서

심장 같은 사람을 만났다.

오월

잊지 말으련다
피와·죽음으로 지킨 민주주의
80년 5월의 금남로는
대한·민국 멸되말이다

5·18민중항쟁 33주년에

금남로에 섰다.

아이들이 든

"오월 그날 기억할게요"

든든하다 고맙다.

플랜카드

5·18 민주화 성지민
광주에 살고 있음을
자랑스럽게 생각합니다

오월.

광주 한 초등학교

교문 위에 걸린

현수막 글을 옮겼다.

해테타·이거즈

부등경기장은 항미 동광로
불불불 토해내는 피뜨럼
타이거즈는 광츠미 정부엎고, 핏빛 모럴미 뫼칩미멌다
머버니미 품 부등산는 늘
경기장미 처절한 사투를 매처듭게 봉시하고 있다

해태 짝짝짝.

김대중 짝짝짝.

도청 짝짝짝.

그리고 목포의 눈물.

해태를 왜 응원했냐고 묻지 마라.

기아·타이거즈
해태 타이거즈

CMB 기아타이거즈 중계에 함께 했다.

띠동갑인 김성한 감독님,

매끄러운 진행의 신조한 캐스터님께 고맙다.

CMB 김기범 팀장님께 특별한 감사 올린다.

가을비로 경기는 끝까지 진행되지 못했지만,

운동장의 열기 하나만큼은 뜨거웠다.

V-12를 향한 기아의 분투를 응원한다.

더불어 그리운 이름도 함께 써 본다.

부랑부랑

미증휜의 택리지
김삿갓의 시
서편제의 소리를 떠올리며
구름처럼 바람처럼

팔도를 떠돌며
지도를 만든 김정호를 본받아
변방의 사람들을 찾아가는
열린 행사입니다

광주 풍암동 협동조합 카페 '싸목싸목'에서
흥겨운 이야기 마당 '유랑유랑콘서트'가 열렸다.
버들치 시인 박남준
노래하는 인디언수니
건축가 곽재환 선생이
주니 수니 화니의 이름으로 의기투합해
무대와 관객이 하나인 이야기 마당을 펼쳤다.
콘서트 홍보 문구를 옮겨본다.

이야기 손님은 정우 형.

솔밭향

울턱 낮고 마당 너른
세상 고간한 목소리가
솔밭에서 부러움을 덜었으면

한국화를 그리는 달용 형이

내 일터 벽에

조선의 향을 그렸다.

형의 솔밭 덕에

이 공간이 더 평화로울 것 같다.

더 깊게 경청하고 겸손히 시민속으로 스며야겠다.

해 심 정

헤아리는 마음과
가득미는 배려가 많나
사람 사는 세상을 열머 갑니다

둥글둥글한 미야기와
서글서글한 소식미 더해져
더 좋은 광실을 만들머 갑니다

서로의 생각미 많나 머물리는
解 心 亭 에 모신걸 환영합니다

'마음을 푸는 정자'라는 뜻으로

친구가 일터 이름을 지어줬다.

평온과 평화가 깃드는 정자가 되면 좋겠다.

만남

혁신과 협치를 위한 만남
당신들의 희망이다
우리들의 시간이
세상을 바꾸는 또 다른 힘이길

전국에서 모인 목민관클럽 보좌진을
광주 사직골로 초대했다.
기타 반주 하나 얹혀주니 가수 아닌 사람 없고
흥 못내는 사람 없더라.
일 잘하는 사람들은 놀기도 잘하더라.

흥얼

새벽녘의 거리엔 광광 북이 울고
밤새껏 바다에선 뿡뿡 배가 울고
자라가도 멀어나 바다로 가고 싶은 곳

백석의 시 '통영' 일부를 적는다.

워크숍에서 만난 섬, 바람, 사람이
금방이라도 꽝꽝 뿡뿡 울 것 같다.

언제나 자다가도 일어나 가고 싶은 바다.

홀리데이

신만바다 생선에서 마일랜드 향해간다
문득 흑산도에 사셨다는
마일랜드 신부님의 푸른 눈을 상상한다

흑산도가 고향인 주빈 형과
신안바다 찰진 병어를 먹었다.

형의 말처럼 '고급진' 저녁이었다.

형과 이야기를 나누면 흑산 사람이 된다.
자산(玆山)은 짙은 사랑이다.

같이함

깔끔하고 거짓 없는 남도
오미자 맑은향이
여름 맞바람에 가득찼다

한 여름의 정원과

차 한 잔이 순수를 빚어냈다.

백아산

붉은 진달래 천지다.
하늘 닮은 산길도 붉디 붉다.
머얼리 반야봉 천왕봉
고개드니 무등산 능선 굽이굽이 봄이다.

화순 백아산에서 무등산을 본다.

백아산과 무등산에 내려앉은 봄에 넋을 잃었다.

배곯은 산사람들은 봄빛과 진달래를 함께 먹었으리라.
먹힐지 아는지 모르는지
올봄에도 진달래는 또 피었구나.

새 세상을 꿈꾸며 백아산을 넘는다.
봄을 건넌다.

아침밥

이른 아침 그대는 진실하다
거짓이 없다
맑은 정신이어서다

밥상 위로
진실과 정의가 넘실거린다

조찬 모임이 부쩍 늘었다.

대화가 반찬이다.

귀한 말들과 함께
한알 한알 오래 꼭꼭 씹어 삼킨다.

지도로

흑산바다 홍어매
장흥의 매생이가 만나
전라도 질래 맛을 만든다

옅은 천과 철길이 같이 흐르는 신안다리 건너

시 쓰는 옥종 형이 운영하는 가게다.

먼 길 다녀온 친구를 위해

옥종 형이 예닐곱 시간 끓여낸 육수에

문어까지 데쳤다.

지화자 좋다.

붓둘길쉼터

붓등산 원효계곡 물자락 동화마을
반딧불이가 사람과 공생하는 곳

소쇄원 지게 행상 기가 쎄써
강물 흘렀다고 감만 마을
마을공동체 한 복판 붓둘길쉼터

천상의 음식과 음악이
나그네의 주름을 편다.

무등산 반디마을 평촌.

선한 사람들이 담장을 허물고 오손도손

따뜻한 공동체를 엮어가는 마을.

무돌길쉼터 그릇도 단정하다.

12월

눈물
삶의 좌표
답 없는 질문

2014년 또 한 분의 열사를
망월동에 묻었다
열사의 마지막 길에 두 손 모았다.
언제까지 서글픔이 계속되야 하는지

동백은 두 번 꽃핀다.
나무줄기에서 한 번
잔설 위에서 또 한 번

열사의 바람이
잔설 위에서 붉게 피어오르길.

잊지 않고 살아가겠습니다
행동하겠습니다
한 순간을 살아도
산맥처럼 당당하게

망월동 민족민주열사묘역을 찾았다.

열사들께 새해 다짐을 올렸다.

성지

조선 천주교회 신앙의
못자리
심장

나는 길이요
진리요
성령이다

김대건 신부님의 탯자리
충남 당진의 솔뫼성지에 다녀왔다.

거기 적힌 요한복음 구절도
남겨본다.

어떤 나라

대학생에게 100만원씩 생활비를 주는 나라
대학까지 무상교육의 나라
의료비도 교통비도 많는 나라
주치의가 가정을 돌보는 나라
무엇보다 믿음과 배려의 나라

2015년 오마이뉴스 '꿈틀비행기' 행사로
덴마크에 갔다.
행복의 뿌리를 찾아서 떠난 여정이었다.

먼 길 달려간 보람이 있었다.
자유를 기초로 한 자존감이
공동체 안에 공기처럼 스며 있었다.

배움은 늘 설레는 일이다.

자전거 길

자전거 신호등이 우선인 길
사람 우선 철학이 녹아 있는 길
불편코 생활인 길

자전거나라 덴마크에서
길의 주인은
차가 아니라 사람이라는 사실을
확인한다.
명심한다.

학교

점수와 등수로 아이들을 평가하지 않는 학교
시험은 치뢰 성적은 매기지 않는 학교
반장이 없고 당번이 있는 학교
사교육 없고 학생이 열정천을 갖는 학교

행복한 학생이 공부도 재밌게 한다는 신념
덴마크는 20여 년 전 평등 교육을 마련했다.
책에서 본 것보다 더 부러운 나라다.

With 광주

불가능한 기획이라고 했다
따끔한 충고도 있었다

여기는 광주잘마요
나는 말했다

김원중 형의 데뷔 30년 기념콘서트
'with 광주'가 막을 내렸다.
2,700좌석이 가득 찼다.
두려운 마음으로 준비한 시간들.
광주의 힘을 다시 확인해 기쁘다.

'광주는 나에게 늘 자랑과 긍지였다.'
원중 형의 말이 더 빛나는 하루다.

고려인

어렸었던 시절
누구보다 더 조국을 사랑했던 사람
그리고 그 후손들이 고려인 입니다

카자흐스탄에 간다.

수난의 역사 고난의 시대를
온몸으로 마주했던 고려인들을 만난다.

이주 152년을 조금이나마 담고 왔으면.

창작 판소리 오월광주

오늘 우리는 패배할 것이다.
그러나 내일의 역사는
우리를 승리자로 만들 것이다.

광산구가 창작 판소리 '오월광주' 공연을 열었다.

임진택 선생의 소리에

관객석에서 추임새를 넣었다.

영화와 또 다른 현장감을 판소리는 전했다.

오월광주의 고갱이

5·18 시민군 대변인 윤상원 열사의 마지막 말을 기록한다.

죽창가

다시 한번 이 고을은 반란이 되자 하네
청송녹죽 가슴에 꽂히는 죽창이 되자하네

광주 광산동 포플레이에 가면 이상호 화백의

판화가 벽을 채운다.

동학농민전쟁을 기억하는 광주가 있다.

새 길 위에서

다시 길 위에 섭니다

지금까지의 길에서 좋은 사람들 많이 만났습니다
좋은 사람이 많은 길이 옳은 길이라 믿었습니다

다섯해 공직생활로 큰 배움 얻었습니다
교만 속 역사를 뒷골에 밀고 나가는 원천이
여러분이라는 걸 확인한 시간이었습니다

힘들 때 여러분과의 추억 떠올리겠습니다
다음 만남은 더 깊은 인연으로 머물도록
새 길에서 준비 게을리하지 않겠습니다

다 갚지 못할 은혜 업고 갑니다

2017년 9월 새 길을 나서며
광산구 열린민원실장직을 내려놨다.

학습과 실천의 기회를 준
광산구민과 공직자분들께
감사의 글을 올렸다.

일본군 피해자 할머니 기림일

1991년 8월 14일

역사를 바꾼 그날의 용기를

절대 잊지 말겠습니다

동생 은서의 추천으로 릴레이 캠페인에 참여했다.

1991년 8월 14일은

故 김학순 할머니가

2차세계대전 당시 일본군의 만행을

공개증언으로 전 세계에 알린 날이다.

나쁜 뒤통나무집

동화같은 통나무집에선 이야기가 대롱대롱
모래된 나무에선 희망이 주렁주렁
마미와 아빠가 꿈꾸는 상상이 현실이 됐다

형님 내외가 사는 집 앞 뜰에
풍경 하나가 추가됐다.

팽나무 위에 작은 통나무집이 들어섰다.

새 풍경은
또 어떤 사연을 낳을지
벌써부터 궁금해진다.

시대를 넘어

교착된 1대 99의 현실을
넘어서는 세상을 그리자
광주에서 시작하면
대한민족이 함께 한다

전국 사회연대경제 지방정부협의회가
2017년 광주 국립아시아문화전당에서
정기총회를 열었다.

5·18로
정의로운 항쟁과
민주주의 자치공동체를 일군 도시에서
정의로운 사회와
민주적인 공동체를 이야기한다.

춘설

봄에 눈이라
미련 남 피꼬막 한 접시는 세상 전부라

소주 한잔에 조용히 눈 감는다.
하얀 눈이 잔물 채운다

광주가 설국으로 바뀌었다.

새 세상이 열리려나 보다.

위령비

미안해요 베트남
사랑해요 평화를
반대해요 전쟁을
기억해요 역사를

2017년 2월 광산구가

베트남 호이안시와 우호교류 행사를 가졌다.

남성 퐁니마을 위령비 앞에

무릎 꿇고 향 하나 살랐다.

까망이 협동조합

낮은 곳에서 자신을 드러내지 말고
묵묵히 정도를 걷는 사람들

앞자리에 서지 말아도
늘 빛나는 마음따뜻한 사람들

나는 광주 비아동

까망이 협동조합의 조합원이다.

까마귀가 난다는 비아동

동 이름을 협동조합 이름 삼았다.

까·망이마을 '비아'는
광산구의 뿌리입니다
길·까·마·귀가 날 듯
따뜻한 비아공동체도
　　　　　비상·하시길

수완동, 첨단1·2동, 도천동,

운남동, 신가동, 신창동은 물론이고

산동교까지가 너머까지가 비아공동체였다.

역사와 전통이 깊고

사람들이 이야기도 다양한 마을 축제에 왔다.

주민과 함께 새로운 변화를 꿈꾸는

'주민총회 마을대동회 & 축제한마당'을 축한다.

주민자치의 모범인 비아동주민자치회를 응원한다.

장흥

길거리 붕전동이다 지전머리를
바지 자락으로 쓸어봄 사람마다마 저은
불찐 자봉 사람이 된다
독실포전 백룡쏘전
메망강에 붙은 어느 또랑에서라도
뫼폭을 해본 경험이 있다면
자봉에 깊이 배고
자봉으로 척척해진 사람이들 수 있다

자응 시인 이대흠 형의

'당신은 북천에서 온 사람' 일부를 썼다.

장흥의 풍경을 담은 후배의 사진은 덤.

남·북경제문화·협력재단 - 장·흥군

지속적인 남북협력 업무협약식

베트남 하노이에서 멈춘

평화와 통일 열차의 엔진을

누군가는 다시, 뜨겁게 달궈야 한다.

장흥에서 먼저 엔진의 시동을 걸어본다.

한반도 남쪽 끝 정남진 장흥과

북쪽 끝 중강진의 만남을 기대해본다.

평화 · 식탁

병어는 찰졌다.
물어는 꼬들거렸고
낙지는 간간했다.

날 선 물 것들은
몸을 헤집으며 빠르게 퍼졌고
뼛속까지 가르며 생명의 기운을 전했다

하루 하루 더해가며 내일을 사는 벗들과

찰진 한 끼를 나눴다.

노고단

고개 넘는 구름따라 간다
갈숲의 바람 첫볼 스치고
뱀사골 물소리 깊다.

노고단 돌탑 위 별들 살포시 밟아
나뭇도막 같은 머리 머릇받진다-

별들이 지리산 계곡에 거침 없이 쏟아진다.

남북은 갈렸지만 별들은 경계 없이 뜬다.

사람도 울타리 훌쩍 넘는 내일에
촛불 하나 밝히는 밤이다.

무등산

광주 어디서든 볼 수 있다.
보고자 하는 이에게는
어디서든 모습을 내어준다.
자연스레 '품'이라는 단어가 떠오른다.
그 품에 안기고 싶다는 생각도 든다.

광주 사람들에게 무등과 광주는
한 몸이 가진 두 개의 이름처럼 여겨진다.

광산구에서 함께 일했던 이혜영 작가가 책을 냈다.

<한국민중항쟁답사기-광주·전남편>

응원으로 책 속 무등산 문장 몇 개를 썼다.

문장 전체를 옮기지 못해 걸린다.

이 작가의 너른 '품'을 기대한다.

무등산 수박

무등산의 바람과 이슬이
농부의 땀과 만나 키워낸
신비의 과일을 두 손으로 영접합니다

임진왜란 의병장 김덕령 장군이

어릴 적 뛰놀던

평촌들녘 금곡마을에서 나는 귀한 과일이다.

호남사람들이 신성시하는

푸랭이 수박이 출하되면

무등산 아랫마을도 가을을 맞는다.

국민의 생활에도 풍요가 넘치고

평화가 깃들면 좋겠다.

왕버드나무

나무는 충장공과 함께 태어났다.

장군의 용맹과 한 맺힌 죽음을 기억했다.

나무 밑둥이 장군의 떡벌어진 골격을 닮았다.

김덕령 장군의 영혼이 그속에 살아 있는듯하다.

김덕령 장군이 태어난 충효동에 왕버드나무 세 그루가 있다.
400년 넘은 이 나무는 2012년 천연기념물로 지정됐다.

충용장군 김덕령이 초야에서 일어나 의병을 일으켜
흉악한 적을 막아내니 위엄과 명성이 일본까지 진동하였다.
그런데 불행하게도 의외의 화를 당하여 죽었고
그의 형 덕홍은 금산싸움에서 먼저 죽었으며
부인 이씨도 왜적을 만나 절개를 지켜 죽었다.
충과 얼이 한 집안에 모였는데도 억울한 원한이 풀리지 못하고
아름다운 빛이 나타나지 못하니 군자들이 슬피 여겼다.

–서유린이 지은 충장공 비문

무등산에 가면 장군을 닮은 왕버드나무를 만날 수 있다.
5·18광주민중항쟁의 주무대였던 충장로 이름은
충장공에서 비롯됐다.

함평천지 늙은몸이 광주고향 보라하고
제주머선 빌려타고 해남으로 건너갈제
흥안에 돋은해는 보성에 비쳐있고
고산의 아침안개 영암을 비쳐있다
바람에 연적에 호남가가 불러퍼진다

하늘 보라 파란 소리가
핏줄 따라 봄 구석구석을 헤집고
소나무 보라 푸른 장난이
숲길 따라 무등산 골골에 스민다

무등산 역사길의 백미.

바람의 언덕에 기대
역사길 팍팍한 다리를 두들기다보면
한복 곱게 차려입은 이들이
소리와 장단을 뽑아낸다.

사람 소리인지 바람 소리인지
분간할 수 없다.
탐방객의 고단함은 사라진 지 오래다.

환벽강 마당에 핀 홍매화

달빛이 아니어도

매화 숲이 아니어도

옛 선열들의 고결한 실천을 배우기에 넘친다.

꽃잎마다 광주정신이 뿌리가 돋는가

환벽당에서 사촌 김윤재 선생과 만났다.

고향에서 후학을 양성하던 선생의 가르침은

종손 김덕령 김덕보 형제에까지 미쳤다.

환벽당 홍매화의 기개에서

선생이 펼쳤던 가르침의 깊이를 가늠할 수 있었다.

붉은 매화

봄날처럼
봄꽃처럼
희망의 봄길을 걸었습니다.

그렇게,
또 그렇게

통도사에서 붉은 매화를 만났다.
봄은 남녘의 바람을 타고 오나보다.

마침애 오고야 말 찬란한 봄을 위해
청춘의 기운과 신념으로
한 걸음씩 더 내딛어야겠다.
인생은 언제나 청춘이다.

변신 가는 길

푸른 마음 품은 사람들 만나러 가는 길
깊은 전설을 풀고 잔잔히 박힌 섬같은 마을들

고창 친구를 만나러 가는 길이
꾸밈없는 벗을 닮았다.

무심한 길에서 빼어남을 찾아내는 건 나그네의 몫
풍경마다 서해 염전 짠맛이 그득했다.

바닷가 마을
행복한 공동체 해리

여름의 길목

오월의 끝자락

전북 고창의 책마을해리가 신록으로 물들어간다.

꽃향기도, 담쟁이도 짙어진다.

초록빛깔이 사람에게 끝없이 손짓한다.

쓰라린 오월도 또 그렇게 저물어 간다.

한라산

통곡의 세월이며
반역의 세월이며
잠들지 않는 남도
한라산이며

제주4·3항쟁 해결을 대선공약으로 약속했던
박근혜 대통령이 2013년 4·3위령제에 참석하지 않았다.

통곡의 세월은 한 번 더 배신당하고
4·3평화공원 묘지석엔
윗세오름 까마귀떼의 절규와 눈물꽃만 뚝뚝 흐르더라.

후대에 부끄럽지 않은 역사를 물려주자는 심정으로
민중가요 '잠들지 않는 남도' 가사를 옮겼다.

20140416

잊지말자

죽어도 잊지 말자.

미안해
지켜주지 못해서

정말
정말
미안해

팽목에 섰습니다
억만년 밝은 빛으로
지상을 내려다 볼
천사들께 안부를 전합니다

서쪽으로 기운 해에

서글픈 마음 실어 보내 본다.

달무리 곁 진도의 별이 유난히 시리다.

스스로를 채찍질하기에도 바쁜 우리에게는
남을 헐뜯할 여유가 없다.
우리는 지금의 잘못을 바로잡기에도 급해서
과거의 잘잘못을 따질 여유가 없다.

3·1독립선언서 발표 100주년인 2019년
3·1독립선언서 필사에 참여했다.

모든 민주주의 운동의 시작
정의와 권리를 되찾기 위한
평범한 사람들의 처절한 투쟁을 품고
한 글자 한 글자 새겼다.

서로 부추기며
든든한
역사의 순간

외침

우리 아이들의 꿈과 희망을
지키기 위해
햇살을 머리에 이고 거리에 섭니다

무능과 폭압의 검사독재를
무너뜨리는 일에
돌멩이 하나 되겠습니다

침몰하는 대한민국을
일으켜 세우기 위해 피켓을 든다.

모든게 거꾸로 돌아가는 세상
욕이라도 하지 않으면 홧병이 날 것 같다.

공감과 연대의 박수를 보내주시는
시민 여러분에게서 힘을 얻는다.

우리가 아직은 악보다는 선을 믿고,

우리를 싣고 가는 역사의 흐름이

결국은 옳은 방향으로 흐를 것을 믿을 수 있는 것도

이 세상 악을 한꺼번에 처치할 것 같은

소리 높은 목청이 있기 때문이 아니라,

소리 없는 수많은 사람들의
무의식적인 선, 무의식적인 믿음의
교감이 있기 때문이라도
나는 믿고 있다.

— 박완서 <모래알만 한 진실이라도>

정치는 한꺼번에 악을 처치하는 일이 아니다.

국민을 믿는 일이고
국민의 무의식적인 선,
무의식적인 믿음의 교감을
넓히는 일임을 새긴다.

세상이 아무리 달라져도
사랑이 없는 곳에
평화가 있다는 건
억지밖에 안 되리라

숨결이 없는 곳에 생명이 있다면
억지인 것처럼.

— 박완서 <모래알만 한 진실이라도>

'힘에 의한 평화'

힘이 있는 곳에 평화가 있다고?

새 정부 들어
남과 북이
서로를 향한 눈과 귀를 닫고
끝 모를 대결로 나아가고 있다.

힘으로 얻은 평화는 가짜다.
필연적으로 억압과 굴종을 낳기 때문이다.

조용하지만
언제 터질지 모르는 불안이
지금의 상태가 평화인가.

마주보고 서로 살피는 마음에서
진짜 평화의 싹은 자란다.

나라가 니게나

"이게 나라냐"

2016~2017년 국민은 촛불을 들었다.

그 이유가 딱 이 한 문장으로 압축된다.

국정농단, 무능한 대통령, 정부의 부재 …

촛불혁명은 민주적 탄핵으로 민주정권 창출로 이어졌다.

'나라가 니꺼냐'

2023년 국민의 걱정은 이어지고 있다.

대한민국을 무슨 주식회사쯤으로 여기는 건가.

정권을 5년짜리 개인 수익모델로 아는가.

몽테스키외의 말을 전한다.

'고통을 주고 멸망시키려 든다면

순종의 근거는 무너져버리는 거네.

백성들이 군주에게 예속되어야 할 이유가 사라지는 거고,

양자는 서로 자유로운 관계로 접어드는 걸세.'

우리 들불로 일어섭시다

퇴행의 역사를 끝장내고
촛불의 염원을 모아
무너져가는 대한민국을
다시 일으켜 세워야 합니다.

연대는 힘이 쎕니다
촛불이 횃불이 되고,
우리가 들불이 되어
폭압의 검사독재를 끝장내야 합니다

국회 본관 앞 촛불집회에 함께 했다.

오랜만에 반가운 얼굴들도 봤다.

외롭지 않았다.

든든한 동지들과 함께 걷은 길은 언제나 희망이다.

오늘을 잊지 않기 위해 쓴다

홍범도
김좌진
이회영
이범석
지청천

홍범도함

철 지난 매카시즘과 분열의 정치로

국민을 기만할 때가 아니다.

소통, 조정, 통합의 정치로 민생과 경제를 챙길 때다.

국민을 무시하고, 이기려는 권력은

반드시 자멸한다.

동서고금의 역사가 말해준다.

당장, 멈춰

무정부 상태를 끝장내야 합니다

우리 아이들의 미래를 지켜야 합니다

우리는

우리의 바다를 지켜야 한다.

윤석열은 퇴진하라

무능정권, 폭압정권
윤석열 정권 퇴진이 답입니다

검사독재에 맞서 거리에 섰다.

광주시민의 힘과 지혜를 믿고 싸우겠다.

민생은 파탄나고, 국민의 생존권은 나중에도 없다.

철 지난 이념전쟁으로

국민 분열을 자행하는 정권의 끝은 자멸뿐이다.

광주·전남 비상시국회의 출범식

민생경제 안정을 최우선 할 것
민주주의를 위협하는 검찰독재 중단
굴욕적 대일외교 시정
미국에 대한 자주외교 촉구
무능 외교와 대안 없는 대북 강경정책 시정

검사독재와 민생파탄, 전쟁위기를 막으려
광주·전남에서 일어났다.

참담하고 암울한 시간의 연속이다.
평생 민주주의를 위해 싸웠던 지역 어르신들께서
대한민국을 바로 세우려 다시 모인 현실이 가슴 아프다.

오늘의 결의를 기록으로 남긴다.

민주주의는
시민이
만들어가는

울창한 지혜의 숲

선선한 바람과
은은한 가을 햇살에 기대
예쁜 가을길을 걸었다.

듬직한 도반들과 함께여서 평화로웠다.

숲길에서 새로운 생각과 결심도 길어 올려본다.
더 큰 세상을 위해 걸어야지.

제78주년 광복절에

대한독립만세

친일의 역사를 걷어 내지 못한 과오가

독재를 잉태했다.

역사왜곡과 친일찬양이 버젓이 자행되고 있다.

78돌 광복절에

착잡한 심경으로 '대한독립만세'를 외친다.

정전 70년 분단 70년

평화는 경제입니다
그 길에
민족번영의 새역사가 있습니다

분단의 깊은 상처를 보듬고,
평화의 새시대로 함께 나아가야합니다.

정전 70년 되는 날이다.

한반도 긴장해소와 평화 정착을 위해

남북당국은 적극적 대화를 모색해야 한다.

군사적 충돌은 자멸이다.

긴장 상태를 끝장내고, 항구적 평화를 위해

정전협정을 평화협정으로 대체해야 한다.

빛빛동맹 오월 참배

오월의 정신을 오늘로 정의로

대구 더불어민주당 동지들과
시민모임 '소슬포럼' 회원들이
광주 5·18민주묘지를 찾아 참배했다.
민족민주열사묘역, 무등산 풍암정,
금남로 전일빌딩245까지 함께 동행했다.
달구벌과 빛고을의 정의로운 연대가 고맙다.

금남로

오월의 외침이라
민주주의 완성이라

광주는 금남로에서 목숨으로 민주주의를 지켰다.

민주주의, 평화, 평등, 상식을

지금도 이야기하고 있다.

지켜주시라.

광주의 가치와 외침을.

도청 앞 광장에 흩뿌려진 우리의 민족혼은
지난 40년 전국의 광장으로 퍼져나가
서로의 손을 맞잡게 했습니다.

드디어 5월 광주는 전국으로 확장되었고
열사들이 꿈꾸었던 내일이
우리의 오늘이 되었습니다.

오월 정신은 도청과 광장에서
끊임없이 되살아날 것입니다.

— '문재인 대통령 제40주년 5·18광주민주화운동 기념사'

2020년 5·18기념식이

항쟁의 중심이었던 옛 전남도청 민주광장에서 열렸다.

정부 기념식이 처음으로

국립5·18민주묘지가 아닌 곳에서 열렸다.

의미 있는 행사에 손을 보탤 수 있었다.

감염병 사태로

많은 시민이 참석할 수 없었던 점이 안타까웠다.

해 떨어진 숲길을 나서는 두려움으로
한 발 한 발 차곡차곡 옮긴다

한 걸음 마다 머뭇뭇 갈는다
낯선 길에서 사람사는 세상을 그린다

2018년 6월 퇴근길에
청기와 위 백악산 푸른 소나무를 만났다.

잘해서가 아니라
잘하라고 주어진 귀한 기회임을 되새겼다.
소나무처럼 쭉쭉 전진할 것을 다짐했다.

대통령직속 군사·망시·고진상·규명위원회

자식을 잃고 통곡의 세월을 견뎌오신
군사상유가족분들의 안녕을 빈다

위원회 시작부터 함께했다.

2020년 보고회는 함께하지 못해 아쉬웠다.

짧지 않은 시간 속에 녹여낸

많은 사람들의 노력들이

탐스런 결실 맺길 바라본다.

위원회 위원들의 헌신에 감사드린다.

주마등처럼 고운 얼굴들이 스친다.

슬픔에서 기억으로 기억에서 내일로

제주 4.3은 대한민국의 역사입니다

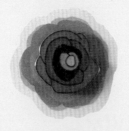

2018년 제주4·3항쟁 70주년을 준비했다.

상징물인 동백꽃 뱃지도 만들었다.

'동백꽃은

4·3의 영혼들이 붉은 동백꽃처럼

차가운 땅으로 스러져갔다는

의미를 내포하고 있어

4·3의 상징으로 여겨지는 꽃입니다.'

설명도 덧붙였다.

대통령님 비서로
말할 수 있어서 영광이었다.

머리 있는
그 단단한 민주정부를 위해
버팀목 못하겠다.

2020년 8월

청와대 시민사회수석실과 사회통합비서관실이

천주교 지도자 오찬을 준비했다.

내가 참여한 마지막 청와대 행사였다.

무수한 장면과 감정들이 마음 속에서 부딪치며 흘러갔다.

설렘에서 그리움으로

다른 하늘 아래에서
같은 꿈을 꾸겠습니다.

새 바람을 짓는 언덕에서
더 기쁘게 만나겠습니다.
늘 문재인 정부의
바람과 열매를 새롭게 가꾸겠습니다.
더 단단한 민주정부를 닦는
앞자리에 함께 하겠습니다.

2020년 8월

천일 동안 같이 일했던 선후배님들에게

설레고 그리운 인사를 편지로 올렸다.

새로운 만남을 기약했다.

고맙고 고마울 따름이다.

더 많은 민주주의
더 큰 민주주의
더 다양한 민주주의를
향해 가야합니다

— '문재인 대통령 제33주년 6·10민주항쟁 기념식 기념사'

2020년 남영동에서 6·10민주항쟁 기념식이 열렸다.
불법 연행, 고문 조작, 인권 침해가 서슴없이 벌어졌던
'남영동 대공분실'로 악명이 높았던 곳이다.

반민주의 공간을 민주인권기념관으로 바꾸고 있던 때다.
대통령은 민주주의 역사를 기억하는 공간을 약속했다.

독립전쟁 봉오동 전투 전승 100주년
평범한 국민의 위대한 힘을 생각합니다

— '문재인 대통령 봉오동 전투 전승 100주년 기념사'

봉오동 전투 승리로
독립운동가들은 자신감을 얻었다.
민족은 자주독립의 희망을 갖게 됐다.

승리를 이끈 독립군은
구한말 의병뿐만이 아니었다.
농민과 노동자 등 평범한 백성들이었다.

평범한 사람들이 일궈낸 비범한 승리에 가슴 뿌듯해진다.

진실화해위원회

처벌이 목적이 아닙니다.
진실 그 자체가 목적입니다.
진실의 토대 위에서
화해를 통해
미래로 나아가기 위한 것입니다.
진정한 국민통합의 길입니다.

— '문재인 대통령 진실화해위원회 2기 활동 메시지'

2020년 5월 국회에서 과거사법이 통과되며

2기 진실화해위원회가 문을 열었다.

10년만이었다.

감춰진 진실이 그대로 드러나

피해자와 유족의 한을 풀어주길

바라고 또 바란다.

노동절

코로나19의 힘겨운 일상도
새벽부터 거리를 오간 배달 운송 노동자,
돌봄과 사회서비스 노동자의 성실함으로
지켜질 수 있었습니다.

— '문재인 대통령 제130주년 노동절 기념사'

2020년 세계 노동절이 130돌을 맞았다.

오늘도 노동은 인간을 완성하고
인간은 노동으로 세계를 창조한다.

이천 화재로 희생된 노동자분들의 명복을 빈다.

우리 국민들은
나라가 어려울 때마다
바람보다 먼저 일어나
민주주의를 실천했고,
'코로나19' 극복 과정에서
우리 만의 민주주의가
어떻게 힘을 발휘하는지
다시 한 번 확인했습니다.

— '문재인 대통령 제60주년 4·19혁명 기념식 기념사'

코로나19 속에서도

나보다 우리를 생각하며

일상을 양보한 시민으로

4·19 정신은 이어지고 있다.

그리움으로 봄마저 아픈 4월입니다.
마음을 나누면 슬픔을 이길 수 있고,
누군가 옆에 있다고 믿으면
용기를 낼 수 있습니다.
우리는 언제나 서로가 서로에게 희망입니다.

— '문재인 대통령 세월호 6주기 메시지'

20140416 세월호참사 6주기

기억·책임·약속

4월이다.

기억

책임

약속

다시 새기는 4월이다.

국민을 믿고
국민과 함께
어떤 거친 풍랑도
반드시 헤쳐 나가겠습니다.

— '문재인 대통령 제4차 비상경제회의 모두 말씀'

새로운 사고

담대한 의지

위기를 기회로

더 크게 도약하는 대한민국

우리가 만들어 낼 수 있다.

정책

정책의 성과는 사람
즉 시민에게 돌아가야 합니다.

지극한 상식을 썼다.

정치와 행정은 사람을 위해 존재해야 한다.
사람을 향하지 못한 이데올로기는 허구다.

답은 현장에 있다

날 것 그대로를 현장에서 들었다.
생활 속에서 나온 목소리가
일의 방향을 결정한다.

낮추고 비우고 듣는다.
답은 현장에 있다.

날마다 배우고 학습한다.

사람 사는 세상은 연대와 소통이 만드는 것

모든 새로운 인연에 감사한다.

곧 처서다.

달도 차면 기울고

여름 끝엔 빠알간 대추가 영글 것이다.

내일도 바람개비되어 사람 속으로.

통도사 뒷마당 소나무는
기품을 잃지 않고
여전히 푸르렀다.
흰눈을 두른 영축산의 기운도
듬뿍 받았다

대통령님의 서재에서 나눈
대화는 깊고 굵었다

이명한 전 광주전남작가회의 공동의장님과 함께
평산마을을 찾았다.

한결같이 반갑게 맞아주시는
문재인 대통령님과 김정숙 여사님의 손은 따뜻했다.
대통령님과 서재에서 나눈 대화는 깊었다.

대통령님 내외분과 선생님, 모두 건강하시길.

애도를 기도로,
분노를 창조적 실천으로
  들어올리는 것
  미깃이 진정한 애도다.

                        이제야: 꽃을 든다 詩 이문재
10·29
미태원 참사 1주기를 츠모합니다.

기억은 어둠을 이기고
연대는 상처를 이깁니다.

1029

대한민국 대전환.
이재명은 합니다.

제20대 대선 이재명 대통령 후보와 함께했다.

너의 목소리
사람과 사람 사이를
바다풀처럼 엮어가고

이땅의 눈물 이땅의 설움들을
봇등산 등에 업는
너와 함께 가니 가라 앉는구나

고맙다
사람과 사람 사이에
늘 함께 있어서 고맙다

사람과 사람 사이 (부제 : 무등 닮은 치현에게...)

글 : 신동호 시인
곡 : 최성식
노래 : 프롤로그

최치현

사람과 사람을 잇고 소통하며 더 나은 세상을 위해 '한 톨의 정의가 세상을 바꾼다'는 삶의 자세와 신념으로 지역에서부터 다양한 인연을 엮어가는 정치인이다. 그는 자신의 생각과 비전을 筆과 思로 풀어내며 매일 스스로 '한 톨의 정의'가 되기 위한 일들을 모색한다.

청와대와 중앙정부, 지역정부 등에서 국정과 구정을 두루 경험하며 쌓은 실력으로 중앙에서는 물론 지역사회에서 그의 진가를 인정받았다. 특유의 친화력으로 당·정·청과 지역사회에 폭넓은 인적 네트워크를 형성했으며 정치력에 있어서도 70년대생 선두그룹에 올랐다.

이러한 평가는 지역민의 요구와 바람을 국가 자원과 연결해 충족해 낼 능력을 갖춘 정치인 최치현으로 주목받게 한다.

광산구 열린민원실장을 맡아 지역 현안을 해결했고, 갈등조정전문가 역할을 했다. 그 성과로 청와대에 발탁됐다. 청와대에서 정무기획, 사회조정, 사회통합 비서관실 행정관으로 일하며 5·18민중항쟁 진실 규명, 광주형 일자리 정착에 기여했고, 인권·노동·환경 갈등 조정 등 다양한 분야에서 굵직한 발자취를 남겼다. 국가보훈처도 그 노력을 인정해 장관 정책보좌관으로 임명했다.

광주대 총학생회장과 남총련 3기 조국통일 위원장을 역임하며 학생운동과 통일운동을 했다. 광주지역 노동자 문예운동연합과 광주·전남 양심수후원회, 더불어광주연구원 등 진보진영에서 약자와 시민의 이익을 대변하는 활동도 이어왔다.

현재 시민과 함께하는 정책 플랫폼 '사단법인 함께;마중'의 이사장으로 노동계, 교육계, 기업계, 소상공인, 청년층, 노년층 등 다양한 계층, 많은 시민들과 직접 만나고 소통하며 지역 발전과 현안 해결에 힘쓰고 있다. 더불어민주당 광주광역시당 부위원장으로 '정당이 정책을 통해 전라도에서 지속적으로 할 수 있고, 해야 할 더 많은 일들에 대한 비전'을 제시하고 있다.

약력/ 장흥출생(1970), 장흥고등학교 졸업, 광주대학교 언론대학원 언론학 석사
　　　고려대학교 정책대학원 도시및지방행정 석사과정수료

현/ 더불어민주당 광주광역시당 부위원장
　　시민과 함께하는 정책 플랫폼 <사단법인 함께; 마중> 이사장

전/ 더불어민주당 중앙당 전략기획위원회 부위원장
　　문재인정부 청와대 행정관(정무기획·사회조정·사회통합), 국가보훈처 장관 정책보좌관
　　제20대 이재명 대통령 후보 직속 정무특보·광주선거대책위원회 공동본부장
　　광주광역시 광산구청 열린민원실장(민선5, 6기)
　　광주대학교 총학생회장, 광주·전남 양심수 후원회 사무국장
　　더불어광주연구원 원장